Viateur Lefrançois

Chevaux des dunes
Le trésor de l'Acadien

Illustrations
Hélène Meunier

Collection

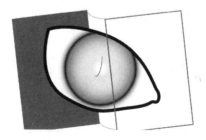

Éditions du Phœnix

© 2007 Éditions du Phœnix
Dépôt légal - Bibliothèque et Archives nationales
du Québec, 2007
Bibliothèque nationale du Canada
Imprimé au Canada

Illustrations : Hélène Meunier
Graphisme : Guadalupe Trejo
Révision linguistique : Lucie Michaud

Éditions du Phœnix
206, rue Laurier
L'île Bizard (Montréal)
(Québec) Canada H9C 2W9
Tél.:   (514) 696-7381
Téléc.: (514) 696-7685
www.editionsduphoenix.com

Catalogage avant publication de Bibliothèque et Archives
Canada

Lefrançois, Viateur

    Chevaux des dunes : le trésor de l'Acadien

    (Collection Œil-de-chat ; 8)
    Pour les jeunes de 9 ans et plus.

    ISBN 978-2-923425-13-9

    I. Meunier, Hélène. II. Titre. III. Collection.

PS8573.E441C43 2007   jC843'.54   C2006-942357-1
PS9573.E441C43 2007

Les Éditions du Phoenix remercient la SODEC
pour l'aide accordée à leur programme de publication.

Logo de la collection:
Guadalupe Trejo

Viateur Lefrançois

Chevaux des dunes

Le trésor de l'Acadien

Éditions du Phœnix

Du même auteur, chez Phoenix

Otages au pays du quetzal sacré, coll. Oeil-de-chat, 2005.

Chez d'autres éditeurs

Tohu-bohu dans la ville, série Francis-Capuchon, tome III, coll. « Dès 9 ans », Éd. de la Paix, 2004.

Les Facteurs volants, série Francis-Capuchon, tome II, coll. « Dès 9 ans », Éd. de la Paix, 2003.

Coureurs des bois à Clark City, série Francis-Capuchon, tome I, coll. « Dès 9 ans », Éd. de la Paix, 2003.

El misterio de la mascara de serpiente, Artes de Mexico, Mexique, 2003.

Dans la fosse du serpent à deux têtes, coll. « Dès 9 ans », Éd. de la Paix, 2002.

Les Inconnus de l'île de Sable, coll. « Ados/Adultes », Éd. de la Paix, 2000.

« La Folle Nuit de la San Juan » in *Les Contes du calendrier,* collectif de l'AEQJ, Éd. Pierre Tisseyre, 1999.

L'Énigme de l'œil vert, coll. «Ados/Adultes», Éd. de la Paix, 1998. Sélectionné pour les élèves du secondaire en 2005 (Éducalivres).

Marie Rose-Aimée, roman adulte, Éd. Archimède, 1993.

À Raphaël, Étienne et Jérôme...

PRÉFACE

L'île de Sable

Bien avant tous les autres peuples, les Norses, grands guerriers navigateurs venus d'Islande, ont séjourné sur l'île de Sable. Les Vikings, les Normands, les Bretons, les Portugais et les Basques, chasseurs de baleines, de phoques et pêcheurs de morue, y ont aussi jeté l'ancre, bien avant la fondation de Québec en 1608. Des Français ont même tenté de s'y installer en permanence : l'expérience a été un désastre, comme toutes celles qui ont suivi. Aussi cette île est-elle demeurée presque toujours inhabitée. Dépourvue d'arbres, elle est battue par des vents violents quand elle n'est pas enveloppée d'une brume opaque.

Depuis 1583, on dénombre plus de trois cent-cinquante naufrages documentés sur l'île de Sable. Toute épave cache un trésor, croit-on. Mais les rêves de trésor sont vite détruits sur l'île de Sable.

Les premiers chevaux sont arrivés sur l'île vers 1737. D'autres y ont été transpor-

7

tés autour de 1760 lors de la déportation des Acadiens par les autorités britanniques. Aujourd'hui, les chevaux de l'île de Sable ressemblent encore à ceux des colons acadiens. Ce sont des animaux robustes, bien adaptés à l'environnement inhospitalier de l'île. Ils se nourrissent surtout de gourbet, mais aussi de gesse maritime (pois de mer) et de variétés d'herbes, d'arbustes et de plantes qui poussent au ras du sol.

Des chevaux sauvages, tu en trouveras aussi en Camargue, près de Marseille, en France, en Pologne, en Australie et dans quelques régions isolées des États-Unis.

Aujourd'hui, l'île et ses chevaux sont protégés par une loi gouvernementale : ne va pas là qui veut. Des équipes de scientifiques s'y rendent tous les ans pour étudier les oiseaux, les phoques et les chevaux. Voici ce qui est arrivé à celle du capitaine Jack Martin.

Tu peux trouver de l'information sur l'île de Sable en consultant le site Internet :

www.museum.gov.ns.ca/mnh/nature/sableisland/francais_/index_fr.htm

CHAPITRE UN

Vogue *La Madelon*

Après plusieurs mois de préparatifs, les permis gouvernementaux enfin en poche, Jack Martin se prépare à partir pour l'île de Sable. Sa compagnie de recherche biologique a décroché un contrat du ministère de l'Environnement dans le but d'étudier la faune et la flore de l'île. Son neveu Mathieu, âgé de onze ans, l'accompagne dans ce périple sur la lande mystérieuse située à deux cents kilomètres au large des côtes de la Nouvelle-Écosse.

Le bateau de pêche acheté d'un armateur gaspésien, amarré au port de Montréal, n'attend plus que son équipage pour prendre la mer. Depuis quelques jours, le colosse Félix Jeunot, l'ami haïtien de Jack, vétérinaire chevronné, mécanicien et cuisinier à bord de *La Madelon*, aide celui-ci à vérifier l'état des amarres, du moteur, de la cale, du gouvernail, de la coque et des instruments de navigation.

Très costaud, un mètre quatre-vingts, la tête rasée et luisante comme un œuf, Félix impressionne les inconnus. En réalité, il est doux comme un agneau quand personne ne lui marche sur les pieds. Les deux amis sont impatients de partir à l'aventure.

Sandy, la fille de Félix, née en Côte d'Ivoire douze années plus tôt, sera du voyage, avec son joli et souriant minois. Tous aiment Sandy. Mathieu et elle se connaissent depuis l'enfance et ne se quittent jamais d'une semelle. Félix est fier de sa fille à la peau foncée, le vrai portrait de sa mère, Dorothée. Celle-ci, une vétérinaire d'origine Africaine, travaille pour le compte des Nations Unies. Tandis que son époux explorera la région atlantique, Dorothée Codo enquêtera en Asie sur les risques d'une épidémie de grippe aviaire. D'habitude, elle seconde Jack Martin dans ses recherches et l'accompagne partout.

En son absence, le capitaine peut compter sur Josée Antony, reporter-photographe pour plusieurs revues, un grand quotidien et la télévision nationale. Elle s'occupera des communications. Cette grande blonde de vingt-cinq ans, au visage mince et d'une beauté remarquable, rédigera les rapports, produira des reportages et prendra d'innombrables photographies.

En prévision de cet important contrat, et compte tenu du climat instable régnant sur l'île, l'équipage a suivi un entraînement rigoureux. Ils ont campé dans le parc de la Gaspésie, couché à la belle étoile près du cratère du Nouveau-Québec et affronté les pires conditions afin que l'île de Sable leur paraisse un paradis. Le capitaine Jack les croit prêts à relever le défi.

Il a aussi choisi l'équipe en fonction de son expérience en mer. Malgré leur jeune âge, Mathieu et Sandy pratiquent la voile depuis toujours et Félix a passé toute sa jeunesse en Haïti à pêcher avec son père.

La présence de Mathieu, jeune homme aux cheveux roux et aux yeux marron pâle, — portrait de son oncle et parrain —, rapproche Jack de sa famille. Très attachant et doté d'une grande sensibilité, le garçon possède un don pour apaiser et amadouer les animaux. Jack souhaite que Sandy et Mathieu en apprennent plus sur les chevaux sauvages de l'île de Sable.

— Je suis heureux de vous offrir des vacances extraordinaires, affirme le capitaine à l'intention des deux adolescents.

— Je ne pouvais rater une si belle occasion de m'amuser, répond Sandy. Ce sera sans doute notre seule chance de visiter cet endroit interdit aux touristes et mon père aura probablement besoin de moi à la cuisine.

— Mathieu sera lui-même de corvée tous les jours. Il a accepté cette condition pour venir à l'île, déclare Jack.

— Je n'avais pas le choix...

— Aucun choix, rétorque Jack dans un éclat de rire.

— J'ai tellement hâte de voir les chevaux que j'aurais accepté n'importe quel compromis !

— J'ai fait exactement la même promesse, lui apprend Sandy en étirant une boucle de cheveux crépus.

La tignasse rousse constamment en broussaille, costaud et plutôt sympathique, Jack Martin — célibataire aventurier, comme il aime se définir — vise le plaisir et les défis. Le danger n'existe pas pour un homme de sa trempe. Quand l'homme escalade une montagne, il choisit la paroi la plus abrupte. S'il explore une grotte, il en découvre les entrailles profondes et secrètes. S'il affronte les mers du Sud, la tempête n'est jamais bien loin.

Son frère Tom, un homme solitaire et discret n'ayant aucun goût pour l'aventure, considère la vie de Jack extravagante : une vie de « vagabond » à voguer sur les mers, souvent dans des zones peu recommandables.

Au début, il voyait d'un mauvais œil la fascination de Mathieu pour son oncle. Celui-ci n'a d'ailleurs pas tardé à entraîner son filleul dans les voyages les plus excitants. Pour que son fils profite de l'expérience de son oncle, Tom a autorisé les escapades en montagne, les excursions dans le désert, les courses de voiliers et les expéditions dans la jungle.

Aujourd'hui, il se dit fier de son fils unique et exprime sa gratitude envers le grand frère amoureux de liberté. Même si son épouse Bianca, un peu mère poule, éprouve encore beaucoup de réticences et rumine quelques inquiétudes, elle laisse malgré tout partir son garçon. Une condition demeure inébranlable cependant : Mathieu doit terminer son année scolaire avant de prendre la mer avec son oncle. Les parents ne céderont pas sur ce point et Jack en convient.

Ils ne pourront en revanche ni arrêter l'élan naturel ni l'attirance de leur fils pour l'inconnu et l'aventure.

Qu'est-ce qui l'attend sur l'île de Sable ?

* * *

Un trésor...

Dans un village côtier de la Nouvelle-Écosse, au moment où la joyeuse équipée de *La Madelon* se prépare, le pêcheur Howard Kirke et ses fils Jonas, dit la grande perche, et Mark, surnommé la tête rasée, appareillent pour une excursion en mer. L'équipement comprend des pelles, des détecteurs de métaux, des fusils de chasse et plusieurs autres outils impropres à la pêche. Convaincus qu'un trésor se trouve sur l'île de Sable, ils entendent le récupérer. Howard a recommandé à ses fils de tenir leur langue, mais il craint leur vantardise.

CHAPITRE DEUX

Vacances aux
îles de la Madeleine

Une semaine avant le grand départ, à la fin de ses classes, un cadeau attend Mathieu. Dans sa chambre, il découvre une cage dans laquelle un petit singe dort à poings fermés. Ses parents viennent de combler son plus grand désir. Un ouistiti ! Son oncle Jack lui a déjà parlé de ce petit singe vivant en Amérique du Sud. D'emblée, ils deviennent les meilleurs amis du monde. Le jeune garçon l'appelle Sagouin et l'animal paraît s'en accommoder.

Mathieu demande la permission d'apporter son ouistiti en voyage. Le capitaine Jack se fait tirer l'oreille, mais finit par accepter.

La veille du départ de Montréal, l'équipage emménage sur *La Madelon*. Le bateau de pêche, désormais inspecté, nettoyé puis repeint en blanc, a retrouvé une nouvelle jeunesse. La cale est encombrée des instruments scientifiques nécessaires à la mission. Jack y entrepose également trois tentes, des pelles, sa carabine, les équipements de plongée, les indispensables cirés et des vêtements chauds.

Prévoyant disposer de temps libre sur l'île, Mathieu apporte son arc et ses flèches. De son côté, Félix arrime sa précieuse guitare à un meuble. Josée s'est préparée pour filmer pendant des mois. Les quatre appareils photo et les deux caméras seront très sollicités.

Ce branle-bas de combat excite Sagouin. L'animal sursaute dans les bras de Sandy et de Mathieu, puis exécute plusieurs pirouettes.

Malgré l'heure matinale, Tom et Bianca, les parents de Mathieu, et une dizaine d'amis des cinq voyageurs se pressent sur le quai pour les ultimes conseils et les embrassades. Le capitaine Jack promet de veiller sur ses coéquipiers et de les ramener à bon port.

— Nous t'attendons là-bas en août, Tom, lui rappelle son frère.

Silencieux, son vis-à-vis opine. Les parents préfèrent mille fois se rendre à l'île de Sable en hélicoptère. Affronter le golfe du Saint-Laurent et l'océan Atlantique sur une coque de noix ne leur dit vraiment rien qui vaille.

Bianca et Tom embrassent Mathieu une dernière fois, descendent du bateau et attendent qu'il s'éloigne avant de quitter le port, entouré d'un léger brouillard et de mouettes criardes. Il est six heures du matin.

Après trois jours à voguer sur les eaux tumultueuses du Saint-Laurent, *La Madelon* s'engage enfin dans le golfe. Des baleines accompagnent l'équipage et s'approchent du bateau. Plus loin, les phoques s'amusent, pointent un nez curieux hors de l'eau et replongent aussitôt. Pour leur part, les mouettes maraudent autour de l'embarcation et poussent des cris incessants. Toute cette jungle marine escorte les voyageurs jusqu'aux îles de la Madeleine.

Le capitaine Jack y fait escale pour ravitailler *La Madelon*. L'idée d'offrir quelques jours de vacances à ses amis avant d'affronter la solitude de l'île de Sable lui tient aussi à cœur.

L'équipage occupe une vieille maison au bord de la mer, propriété d'un ami de Jack. Pendant que le capitaine se procure d'essentielles denrées, Mathieu et Sandy se promènent en moto marine. Appareil en mains, Josée Antony photographie les paysages uniques des îles. Sur la plage, Félix s'amuse à construire de gigantesques châteaux de sable.

Après quelques jours de plaisir et de repos, *La Madelon* et son équipage reprennent la mer.

CHAPITRE TROIS

Une légende pour Mathieu

Les vents légers facilitent la navigation et, bientôt, la mer houleuse s'étend à perte de vue.

Durant une escale à Glace Bay, en Nouvelle-Écosse, le temps de remplacer une pièce défectueuse, Mathieu se promène sur la plage. Un vieux marin rencontré par hasard raconte avoir visité l'île de Sable dans sa jeunesse. Il a aperçu les chevaux sauvages courir à travers les dunes et les phoques envahir les rivages.

— Des bêtes merveilleuses, affirme le loup de mer dont le visage cuivré est sillonné de rides. Prenez garde : les étalons deviennent très agressifs lorsqu'ils défendent leur troupeau. Ils se sont bien adaptés à leur habitat, mais avec les plates-formes de forage au large de l'île, leur avenir semble menacé. Les derniers reportages sur le sujet m'ont inquiété. Nous sommes impuissants devant les grandes compagnies pétrolières.

— Je m'intéresse à l'environnement et à son impact sur la vie des animaux, lui confie Mathieu. Quand je serai adulte, je lutterai pour préserver les espèces en voie de disparition.

— Comme celle des singes, je présume ? répond le marin en arborant un grand sourire.

— Oui, probablement. Je ne m'ennuie jamais avec Sagouin.

— Tu sais, bifurque le vieil homme, une légende canadienne-anglaise raconte qu'au dix-huitième siècle, des pirates auraient caché un trésor sur l'île de Sable sans pouvoir jamais le récupérer. Depuis ce temps, des prospecteurs ont parcouru et creusé les dunes dans l'espoir de le retrouver.

Devant la surprise du garçon, son interlocuteur éclate de rire.

— C'est une blague, s'écrie-t-il en lui touchant l'épaule. Aujourd'hui, les trésors n'existent plus, mon jeune ami.

Mathieu prend congé et, poursuivant sa promenade, continue de rêver aux grands espaces et aux animaux sauvages qui peuplent l'île lointaine. La pensée d'y trouver un trésor le séduit. Il porte son regard sur l'horizon enflammé du couchant. Le lendemain, *La Madelon* met le cap sur sa destination.

Après une dizaine d'heures de navigation, l'équipage peut distinguer trois plates-formes de forage en pleine activité. À la demande du ministère de l'Environnement, Jack doit monter sur l'une d'elles pour s'entretenir avec Paul Carter, le président de la compagnie. Les deux hommes discuteront du but de ses recherches sur l'île et de la sauvegarde de la faune et de la flore de l'endroit.

Les phoques se font plus présents dans cette zone de hauts-fonds très poissonneux. Sandy et Mathieu courent d'un côté à l'autre du bateau pour les admirer. Ces sociables mammifères paraissent bien s'amuser avec les passagers de *La Madelon*. Josée s'empresse de filmer quelques prises pour les besoins de son reportage.

— Ils nous souhaitent la bienvenue, avance Mathieu, enthousiaste à l'idée d'aborder sur l'île bientôt.

— Nous devons d'abord accoster à la plate-forme de forage Thébaud, répond Jack tout en manœuvrant vers l'énorme structure.

Félix remarque qu'un bateau de pêche croise à quelques kilomètres de là. *Le MacPherson*, le bateau des Kirke, a emprunté la même route plusieurs fois ces derniers jours. Aujourd'hui, le bâtiment mouille près de l'île et personne ne prête attention à sa présence.

— Fini le repos. Le temps d'agir est arrivé, dit Howard Kirke. Le travail commencera bientôt.

Jonas la grande perche et Mark la tête rasée trépignent d'impatience. Eux aussi ont hâte de déterrer le magot enfoui depuis des siècles. Leur cousin Jos, un grand jeune homme sympathique aux cheveux blonds, les accompagne. Jos a accepté l'offre de son oncle pour se faire un peu d'argent de poche, même s'il désapprouve le projet des Kirke. Howard lui a promis de partager le magot si son plan aboutit, mais aucun ne croit à cette promesse.

— Nous deviendrons riches, répond Mark.

Son frère lance par-dessus bord un filet à poissons. Malgré un interdit de pêcher la morue, la famille Kirke multiplie les infractions.

— Si les pêcheurs étrangers viennent prendre notre poisson sans obtenir d'autorisation, déclare le père Kirke à Jonas, pourquoi pas nous ?

Le regard perçant du vieux pêcheur scrute l'horizon : un bateau s'approche de la plate-forme de forage. Un moment, il craint la venue des garde-côtes, mais il se rassure, car ses manœuvres indiquent que l'embarcation accostera sur Thébaud.

* * *

Attendu par une dizaine de personnes, un hélicoptère se pose sur son héliport. Affolé par le tintamarre, le ouistiti lance des cris stridents.

— Où sommes-nous ? demande Sandy en remontant de la cale, elle aussi alertée par le vrombissement assourdissant de l'hélicoptère.

— Au large de l'île de Sable, répond Jack.

Cette révélation ne calme en rien les appréhensions de la jeune fille. Elle pose ses yeux noirs sur l'imposante tour de forage. Les officiers, là-haut, jettent des regards dans leur direction et discutent entre eux avec animation.

— Que fait-on ici ? s'enquiert-elle de nouveau, abasourdie par le bruit produit sur la plate-forme.

— Une visite de courtoisie, répond Jack en souriant.

Mathieu promène son regard sur la mer, subjugué par la beauté de la nature.

— Tout est démesuré. C'est impressionnant, oncle Jack !

Intimidé, Sagouin opte pour la sécurité et s'abrite sous le veston de Mathieu.

Un officier descend sur *La Madelon* après avoir accueilli les occupants de l'hélicoptère.

— Qui êtes-vous ? interroge l'homme avec brusquerie.

— Jack Martin. J'ai un rendez-vous avec monsieur Paul Carter.

— Vous devrez revenir. Monsieur Carter est trop occupé aujourd'hui. Les membres du conseil d'administration arrivent à l'instant pour une importante réunion.

— Je tiens mes ordres du ministre de l'Environnement. Je dois m'entretenir d'urgence avec lui.

— Peut-être une prochaine fois, ironise l'homme.

Sourd aux protestations de Jack, l'officier rappelle qu'on ne peut forcer la porte de ses hôtes.

— Ici, le capitaine est maître après Dieu.

Sur ces mots, l'officier rebrousse chemin et retourne à son poste. Jack fait contre mauvaise fortune bon gré et reprend la mer. Il se promet de revenir avec, cette fois, un ordre formel du ministre.

CHAPITRE QUATRE

Vent et brouillard

La Madelon longe enfin le long crois-
sant plat de l'île. Jack repère une de ces
rares petites baies et s'y engage avec
prudence afin d'éviter de s'échouer sur les
hauts-fonds. Le capitaine jette l'ancre à
quelques mètres du rivage.

— Si une tempête de vent survient,
notre bateau tiendra mieux le coup dans
ce lieu protégé, explique Jack.

Dès l'aube, après une nuit de repos,
Mathieu et son oncle partent en visite de
reconnaissance dans un léger brouillard
afin d'atteindre le phare de l'Ouest, à
proximité de la petite station météorologique. S'ils retardent plus de deux heures,
Félix partira à leur recherche et les deux
femmes surveilleront le navire.

Sagouin, bien en selle sur les épaules de Mathieu, gesticule et émet des sons plaintifs pour démontrer son inquiétude. Une caresse calme la petite bête craintive.

Il n'y a aucun arbre sur l'île. De bas massifs de genévriers et de camarine, les denses et roses frondaisons des canneberges, quelques buissons de bleuets colorent parfois l'environnement désertique des dunes entrecoupées d'étangs, au centre de l'île. Ailleurs, seules des herbes folles parsèment le sable clair.

— C'est du gourbet, dit Jack à Mathieu en désignant l'une de ces touffes. Cette plante, aussi appelée oyat, est la principale source de nourriture des chevaux ; elle aide aussi à retenir et à fixer le sable des dunes. Sans elle, l'île n'existerait sans doute plus.

Les promeneurs du matin admirent plusieurs espèces d'oiseaux : une nuée de goélands survole les étrangers ; un carouge à tête jaune s'enfuit à leur arrivée, suivi par une sterne arctique et un pinson.

— Regarde ! dit Jack, c'est l'oiseau fétiche de l'île de Sable : le bruant d'Ipswich. Cette île est l'unique endroit où ces oiseaux pondent leurs œufs.

Jack et Mathieu gravissent une dune et entendent le hennissement d'un cheval. Ils se jettent à plat ventre pour éviter de l'affoler. Un poulain de petite taille, trapu et nerveux s'abreuve à un point d'eau. L'arrivée d'une jument fringante et protectrice calme ses appréhensions.

— Sans doute sa mère, murmure Mathieu à l'oreille de son oncle.

Son cœur bat plus vite. Ce spectacle sans égal émeut le jeune homme. Contre toute logique, il rampe vers les chevaux avec l'espoir de mieux les admirer. Sa présence pique d'abord la curiosité des bêtes, mais rapides comme l'éclair, elles détalent bientôt en direction opposée. Le charme de Mathieu n'a pas joué comme à l'habitude. Sagouin tape des mains, puis le silence revient.

Un brouillard à couper au couteau envahit maintenant les lieux ; le temps semble suspendu. Au courant des sautes d'humeur de dame Nature, Mathieu et Jack poursuivent leur route, cherchant à entrevoir d'autres chevaux sauvages évoluer en toute liberté.

CHAPITRE CINQ

Montana

Le soleil dissipe à grand-peine l'épais et persistant brouillard du matin. Mathieu et Jack ressentent une grande solitude sur cette île lugubre.

— J'imagine mal comment des chevaux survivent sur un territoire aussi désertique, chuchote le garçon, comme s'il hésitait à rompre le silence.

Les dunes blanches forment de curieux paysages, à la fois sinistres et imposants. Un vent violent s'est brusquement levé et souffle sur l'île, giflant les visages et courbant le gourbet à chaque rafale. Mathieu et Jack doivent protéger leurs yeux contre les attaques sournoises du sable. Les explorateurs avancent avec difficulté.

— Les vents sont trop forts ; il serait préférable de retourner au bateau, clame Jack, les lèvres serrées.

Les minuscules grains de sable au goût salin se faufilent entre leurs dents, piquent les yeux et les oreilles. Le phénomène provoque des frissons sur leur corps. Mathieu place la main en écran sur sa bouche.

Un long hennissement s'élève derrière lui ; l'adolescent se retourne aussitôt. Dans la tempête, le garçon aperçoit plusieurs chevaux, bruns pour la plupart, crinière au vent, galoper sur l'immense lande blanche de l'île.

— Regarde, Jack ! s'exclame Mathieu en s'immobilisant.

Le ouistiti, camouflé sous le veston de son maître, sort la tête pour observer le spectacle.

Un étalon dirige la horde d'une vingtaine de bêtes. Les oreilles dressées, le meneur a flairé les intrus. Tout à coup, le troupeau arrête sa course. L'étalon piaffe, indécis. Tandis que les bêtes bifurquent en désordre vers la droite, Jack et Mathieu identifient, loin sur la gauche, une silhouette humaine.

Un coup de feu retentit au même moment. Mathieu se jette à plat ventre, comme le lui a appris Jack à l'approche du danger. Sagouin court se cacher derrière une dune en plaçant les bras sur sa tête. Une nouvelle détonation éclate.

— Rejoins Sagouin ! murmure Jack. Je vais voir ce qui se passe.

Carabine en joue, un homme solitaire cible les chevaux sans défense. Sans bruit et à revers, Jack se précipite sur le tireur et le terrasse avec une imparable prise de judo.

Affolées par les coups de fusil, les bêtes courent dans tous les sens. Une seule défie le danger : un étalon d'une grande robustesse se prépare à foncer pour sauver son troupeau. Tête basse, la patte droite creusant le sable avec rage et détermination, le cheval s'apprête à charger.

Au moment où le chasseur allait encore appuyer sur la gâchette, l'étalon a vu un homme capturer son ennemi. En moins de deux, il s'est ensuite évaporé.

Jack et Mathieu transportent le chasseur inanimé. Parvenus au rivage, ils balancent leur fardeau dans la mer agitée. Les flots secouent le corps maigrichon de Jonas Kirke. Étourdi, à peine conscient, les vêtements gorgés d'eau, surveillé de près par Jack et Mathieu, l'inconnu devient le jouet du ressac.

Jonas, son aplomb retrouvé, rampe jusqu'à la plage. Mais une vague sournoise le renverse, l'aspire, le tourne et le retourne jusqu'à ce qu'une deuxième lame vienne l'aplatir sur le rivage. Mathieu et Jack ne peuvent s'empêcher de rire aux éclats. Le petit singe exécute plusieurs pirouettes pour exprimer sa joie.

Disparus, les chevaux. Aucune bête n'aura été touchée. Mathieu inspecte les environs : une barque attend non loin, mais la marée montante va bientôt s'en emparer. L'oncle et le neveu saisissent l'inconnu à la carabine et le jettent dans l'embarcation.

Aveuglé par l'eau salée, éberlué, sonné, le malheureux trouve le moteur à tâtons et veut le démarrer : l'engin refuse d'obéir. Avec la fureur des désespérés, le marin reprend la manœuvre une trentaine de fois. Il gémit comme un enfant. Ses efforts sont enfin récompensés : le moteur crachote. Jonas prend le large, laissant derrière lui un nuage de fumée bleue.

— Un bateau l'attend sûrement plus loin, suppose Mathieu en le voyant se perdre dans les flots.

Sans bruit, évitant de trop s'exposer, ils se remettent sur la piste des chevaux. Ils les débusquent quelques centaines de mètres plus au nord.

— Regarde, Sagouin ! dit Mathieu en s'accroupissant.

Des chevaux galopent sur le sable blanc ; d'autres broutent en toute tranquillité et, plus loin, deux poulains se chamaillent. Les juments surveillent leurs petits et l'étalon dresse l'oreille au moindre bruit insolite. Immobiles, juchés sur la butte, les deux observateurs attendent la réaction du meneur. Curieux, le cheval avance lentement à leur rencontre.

— Un bel animal, hein, Sagouin ! affirme le garçon admiratif.

L'étalon garde ses distances.

— Je t'appellerai Montana, en souvenir de mon voyage en Suisse romande[1], proclame Mathieu d'une voix assez forte pour être entendue de l'animal.

L'étalon se lève sur ses pattes de derrière et hennit à plusieurs reprises. S'agit-il d'un geste de défi ou de reconnaissance ? Jack l'ignore. Mais après cette démonstration de puissance, le troupeau s'éloigne à vive allure.

Assis sur la dune, Mathieu et son oncle réfléchissent.

— Nous devrons enquêter, conclut le biologiste. Je veux absolument comprendre les raisons qui incitent des gens à tuer des animaux aussi pacifiques.

Sur cette réflexion, Jack décide de retourner au bateau pour inspecter les appareils de recherche.

---

[1] Station de sports d'hiver, située dans la région du Valais.

CHAPITRE SIX

Questions sans réponses

Le lendemain, les cinq voyageurs installent leurs instruments au phare de l'Ouest et commencent à travailler. En après-midi, Jack adresse un courriel à l'Université de Montréal et exprime ses craintes après l'incident dont il a été le témoin.

— Je tente de trouver de la documentation sur le braconnage à l'île de Sable, explique Jack en cliquant sur divers sites. Cela pourrait mieux orienter mes recherches.

— Comment des gens civilisés en viennent-ils à commettre un tel acte de barbarie ? s'indigne la jeune reporter. Cet homme reviendra sans doute.

Après une heure de vaines investigations, l'équipage monte une tente près du phare. On y entreposera certains instruments. Les autres tentes, plus petites, serviront lors des excursions plus ambitieuses.

Après quelques jours, Jack reçoit enfin une réponse de l'université.

— Rien de concret, constate-t-il après avoir pris connaissance du message. Je dois vérifier les données transmises avant de tâcher d'y trouver des liens. Des compagnies exploitent le gaz naturel au large ; pour protéger la réserve faunique de l'île, le gouvernement a exigé des études d'impact sérieuses. Les coûts jugés exorbitants pour assurer la sauvegarde de l'environnement mécontentent certains membres du conseil d'administration.

— Les dirigeants cherchent peut-être un moyen de se débarrasser des chevaux, propose Mathieu.

— Possible, avoue Jack. Cela peut se révéler une piste intéressante.

— Intéressante sans être concluante, intervient Félix.

— Vous connaissez l'histoire de l'île ? s'informe Jack, dont les habitudes d'enseignant remontent constamment à la surface.

— À peine, confesse Sandy.

— Des centaines de naufrages ont eu lieu depuis le seizième siècle et des milliers de personnes y ont péri. Des vagues de cinq ou six mètres déferlent régulièrement sur les rives. Malgré ces conditions extrêmes, l'île attire les chercheurs de trésors autant que les scientifiques. Alors, soyez prudents lors de vos excursions, les enfants.

— Oui, papa ! répondent en chœur ses compagnons, en réplique à cette affirmation paternaliste.

La conversation se termine sur un éclat de rire.

CHAPITRE SEPT

Chasseurs de chevaux

Le lendemain matin, Mathieu, Sandy et Josée se lèvent à l'aube et se rendent sur la plage. Profitant de l'absence du vent, phénomène rare sur l'île, le trio décide d'arpenter le littoral.

— Accroche-toi, Sagouin ! Nous partons à l'aventure.

L'épais brouillard se dissipe moins d'une heure après le départ : un vent violent s'est levé et gagne en intensité. Les flots se déchaînent, les vagues se gonflent et les embruns vaporisent le littoral.

Maintenant familiers des revirements climatiques soudains et des bourrasques tempétueuses, les randonneurs sont parés. Munis de lunettes, d'une cagoule et d'un foulard, ils poursuivent l'exploration malgré les conditions défavorables, mais s'éloignent du bord de mer.

— Terminé, le petit déjeuner au sable assaisonné de sel, mon petit Sagouin !

Sa phrase à peine prononcée, le garçon perd l'équilibre et s'affale. Un pin rabougri a causé sa chute, constate-t-il en jetant un œil derrière.

— C'est le seul arbre de l'île, s'esclaffe Sandy, et il a fallu que tu trébuches dessus !

Mathieu accueille les paroles de son amie avec un sourire. Mais de formidables rafales se succèdent. N'arrivant plus à progresser, ils se réfugient derrière une dune assez bien protégée.

— À l'évidence, les chevaux se cachent aujourd'hui, hurle Mathieu dans la tourmente.

Le garçon prend conscience de leur défi quotidien : les tempêtes rapprochées transforment l'île de Sable en un véritable enfer !

Soudain, les explorateurs croient percevoir le hennissement d'un cheval. L'image de Montana vient à l'esprit du garçon ; Mathieu crie spontanément son nom. Un cheval brun émerge d'une crête et avance sur eux. Étonnés, les trois amis se regardent en silence. Sagouin se cache derrière son maître, apeuré. Mathieu n'esquisse aucun geste, de crainte d'effrayer l'animal dont l'attitude paisible confirme qu'un courant de confiance s'est établi. Lentement, Mathieu lui tend la pomme apportée pour sa collation. L'animal recule d'un pas, mais l'odeur qui émane du fruit semble irrésistible.

— Montana, répète Mathieu.

L'étalon sursaute et repart au grand galop. Le premier, il a capté des sons de voix étrangères. Josée, Mathieu et Sandy, veillant à ne pas s'exposer, le ventre collé au sol, risquent un œil de l'autre côté. Trois hommes discutent plus bas, à moins de cinq mètres.

— Une autre journée de perdue à cause de ce sale temps ! s'emporte un homme à la voix caverneuse.

— Nous ne sommes pas pressés, répond son comparse à la tête rasée.

— Si les garde-côtes nous surprennent à creuser des trous dans le sable, fini le rêve, reprend Howard Kirke.

— On dira que l'on participe à un concours de châteaux de sable, blague Jonas, son fils maigrichon.

— Ces imbéciles seraient bien capables de nous croire ! commente Mark.

La réplique suscite l'hilarité des intrus.

— Alors, que fait-on ? demande Jonas, que Mathieu a maintenant reconnu.

— On retourne au bateau ? poursuit Mark. Il serait temps de vérifier nos lignes...

— J'en ai marre de manger de la morue, se plaint Jonas.

— Tais-toi, le rabroue Howard. Compte-toi chanceux que ces satanés phoques nous en aient laissé quelques-unes.

— Ouais, enchaîne Mark. Ils en bouffent des tonnes et nous, on n'a même plus le droit d'en capturer.

— N'empêche, on pourrait abattre un cheval pour changer un peu, insiste son frère.

— Nous ne sommes pas là pour chasser, mais pour trouver le trésor de l'Acadien ! hurle le vieil Howard. Chaque chose en son temps.

— Avec deux chevaux, on aurait de la viande tout l'automne, s'acharne Jonas.

— On verra ! concède le père. Pour l'instant, on rentre avant que la tempête nous bloque sur l'île.

Mathieu, Sandy et Josée sont indignés. L'objectif de nourrir sa famille demeure certes une noble intention, mais de là à s'en prendre aux bêtes d'un parc protégé, il y a un fossé immense... « Et pourquoi, se demande Mathieu, ces trois hommes transportent-ils avec eux autant d'outils, qui n'ont rien à voir avec la pêche ? »

L'adolescent, sa colère s'apaisant à mesure que les bandits s'éloignent, reporte son attention sur l'une des répliques du chef faisant allusion à un Acadien ainsi qu'à un trésor. Un homme demeure-t-il donc ici ? La station météorologique est pourtant fermée pour l'été... Et l'oncle Jack a été formel : il n'existe aucun autre résidant sur l'île de Sable. Pourtant, ils semblent persuadés que le mystérieux Acadien possède une fortune dont ils veulent s'emparer.

L'énigme mérite éclaircissement.

Une fois les Kirke hors de vue, les deux adolescents et la reporter battent prudemment en retraite vers leur camp de base.

CHAPITRE HUIT

Plongeon en eau froide

Durant le long trajet du retour, le vent a nettoyé le ciel, puis s'est estompé. Il fait un temps radieux. Le phare est désert. Josée, Sandy et Mathieu se rendent au bateau où leurs amis, fatigués d'attendre, ont déjà terminé leur repas.

Josée s'empresse de raconter leur aventure. Jack promet de s'occuper de ces braconniers. Au grand plaisir de la galerie, le ouistiti exécute quelques culbutes pour démontrer son accord. Dorénavant, les adolescents devront se promener sur l'île en compagnie d'un adulte.

— J'attends toujours un message plus détaillé de l'université, dit Jack, un peu déçu. Jusqu'ici, aucune piste sérieuse ne laisse croire à une action concertée pour éliminer les chevaux.

— C'est curieux, tout de même, de ne rien trouver, commente Josée. Quelqu'un dirige sûrement l'opération. Les corporations auraient tout intérêt à se débarrasser des chevaux.

— Les probabilités sont très minces, soutient Jack.

— Certaines sociétés ne reculent devant rien pour accumuler les profits, réplique Félix.

— Les dirigeants s'exposent à d'énormes risques si les médias éventent des gestes illégaux, reprend Jack. Les compagnies et leurs administrateurs en paieraient le prix fort. Leur intérêt personnel commande de travailler dans la légalité, du moins au grand jour. Peut-être s'agit-il d'une action initiée par ces pêcheurs eux-mêmes...

— Et en plus, ils cherchent un trésor, rappelle Mathieu.

— Tout cela se tient, analyse Félix ! Ta description des appareils me semble claire ; ils disposent de détecteurs de métaux.

— Et l'Acadien ? persiste Mathieu.

— C'est peut-être un pirate de l'ancien temps..., rêve Sandy.

— Qui aurait enterré son butin ici...,
poursuit Mathieu en se remémorant l'histoire racontée par le pêcheur lors de leur
escale.

— Sans vouloir vous décevoir, tempère
Jack avec un sourire, le malfaiteur faisait
plus probablement référence à un homme
ayant déjà habité sur l'île.

— Ah oui ? rétorque Mathieu.

— Un climatologue de la station m'a
relaté une anecdote à l'époque où je correspondais avec lui pour en apprendre
davantage sur l'île de Sable. Il m'a dit
qu'un homme d'origine acadienne a longtemps résidé sur la pointe est de l'île. Il
paraît que les ruines de sa maison sont
enfouies sous le sable.

— Il faudrait les explorer ! lance Mathieu,
les yeux dans le vague.

Sur ces paroles, il s'étend sur le pont
afin de prendre un peu de repos. Jack
imite son neveu et s'endort quelques
minutes. Félix, toujours prêt à jouer des
tours, attache ensemble les lacets de bottines de son patron. Sans se méfier, Jack
se relève, étire ses grands bras et pense se
diriger vers la cabine. Il bascule plutôt
par-dessus bord, dans un plongeon à

l'esthétique douteuse. Félix attendait ce moment avec impatience.

— Alors Jack, l'eau est bonne ? raille-t-il en riant à gorge déployée.

— Pas mal, admet Jack, encore sous l'effet de la surprise.

— Chacun son tour, annonce Sandy à son père.

Josée, Mathieu et Sandy le poussent à la mer. Félix hurle en piquant du nez dans l'eau froide. Mathieu les rejoint de plein gré, suivi de Josée. Hésitante, Sandy s'apprête malgré tout à plonger lorsque retentit dans la cabine la sonnerie du téléphone.

— Sauvée par la cloche, s'exclame Sandy.

Les phoques, attirés par les éclats de rire, rôdent autour du bateau avant d'aller se réchauffer sur la berge. Sandy revient, un papier à la main.

— Du travail, Jack ! crie la jeune fille. Un hélicoptère viendra te prendre dans une heure. Tu rends visite à Paul Carter sur la plate-forme de forage.

CHAPITRE NEUF

Visite sur Thébaud

Dans un courrier électronique, le secrétaire du ministre de l'Environnement demande à Jack de retourner sur la plate-forme Thébaud. Cette fois, le ministre a téléphoné au patron de la compagnie de forage pour l'aviser de l'arrivée de son émissaire. Jack doit l'entretenir de la fragilité de l'écosystème de la région, même s'il connaît le problème, et lui remettre un dossier étoffé sur le sujet.

De son côté, monsieur Carter a consulté son conseil d'administration. Depuis les débuts de l'exploitation gazière, les groupes de pression envoient des pétitions et des recommandations pour protéger l'île de la pollution. Sensibles à cette question, les politiciens tentent de réagir malgré les milliards de dollars en jeu.

— J'ai à peine le temps de me préparer, allègue Jack, ennuyé par ce petit voyage qu'il remettrait bien volontiers aux calendes grecques.

À l'heure convenue, l'hélicoptère atterrit près de la petite baie protégée. Jack et Josée s'y engouffrent, puis l'appareil décolle aussitôt.

— J'espère qu'on nous recevra cette fois, dit Josée en vérifiant le bon fonctionnement de son appareil photo et de sa caméra.

Attendu par le capitaine et plusieurs officiers, l'appareil se pose sur l'héliport de la plate-forme de forage. Accueillis poliment, les visiteurs devinent un certain agacement chez leurs hôtes. Jack présente Josée et demande la permission de filmer et de prendre quelques photographies.

— C'est absolument interdit, répond le capitaine d'un ton sec. D'ailleurs, vous devez laisser votre caméra ici et la reprendre à votre départ.

— Vous n'avez pas le droit, proteste Josée, contrariée par ces méthodes réactionnaires.

— J'ai tous les droits sur mon bâtiment, réplique l'homme à la barbe noire impeccablement taillée.

— Suivez-moi ! ordonne l'officier en second, dont le regard insistant reluque Josée. Paul Carter vous attend.

— Vous n'êtes pas autorisée à assister à l'entretien, madame, lance le capitaine à l'intention de Josée. Veuillez attendre le retour de monsieur Martin dans l'hélicoptère.

— À vos ordres, capitaine ! ironise Josée avec un sourire malicieux.

— Que se passe-t-il ? murmure Jack à l'oreille de sa compagne, ton charme n'opère plus ?

Josée tire la langue.

— Bonne chance, patron ! lui souhaite la jeune femme avant de se diriger vers l'appareil.

Les officiers et le pilote disparus, Josée extirpe une caméra miniature de son sac et filme à sa guise. Tout près, les travailleurs effectuent leurs tâches quotidiennes dans un menuet anarchique. Ils lui jettent au passage des regards effrontés. Ils admirent sa beauté tout en rêvant aux femmes ou aux petites amies restées sur le continent.

Pour le moment, l'activité se concentre autour de l'hélicoptère. À cause du bruit incessant des machines, les manœuvres crient pour se faire entendre. Les gens courent de tous les côtés, comme s'ils ignoraient où aller sur ce grandiose jeu de *Meccano* pour adultes.

Josée, souriante et d'allure décontractée malgré sa nervosité, se faufile au milieu de la vingtaine de jeunes travailleurs. Elle pénètre discrètement à l'intérieur d'une énorme salle remplie de gens affairés, indifférents à sa présence. Plusieurs casiers meublent la pièce et la photographe décide d'y regarder de plus près.

Elle découvre vite des vêtements de travail. L'intrépide jeune femme enfile un uniforme et enfonce une casquette dont elle rabat la visière, puis part à la découverte des lieux.

La tour de forage exceptée, les grues et la torche principale demeurent les constructions les plus impressionnantes de la plate-forme. D'immenses citernes remplies de carburant et l'antenne radio aident Josée à s'orienter dans le dédale de l'énorme structure d'acier. La reporter filme un canot de sauvetage puis pousse ses recherches à l'intérieur des bâtiments, sous la tour de forage. Les hommes présents croient que l'inconnue est une employée transportée par le dernier hélicoptère et la laissent consulter le plan des installations affiché au mur. L'intruse peut ainsi localiser les entrepôts, le centre administratif, les chambres de l'équipage, les ascenseurs, les colonnes de stabilisation, le garde-manger, la cuisine et la cafétéria.

Elle continue son investigation et se mêle aux autres travailleurs en évitant de trop attirer l'attention. Le contremaître Adams remarque la présence de cette belle femme blonde, la suit un moment puis, comme elle semble indécise sur la direction à prendre, décide de l'interpeller.

— Vous, là-bas ! Attendez !

Sans réfléchir aux conséquences de son geste, Josée panique et s'enfuit vers les citernes.

— Arrêtez ! ordonne le contremaître à plusieurs reprises.

Devant le refus de Josée d'obtempérer, Adams donne l'alerte. Celui-ci redoute l'infiltration de saboteurs ou d'espions industriels et ne doit prendre aucun risque quant à la sécurité. Cinq gardes surgissent sur-le-champ, ayant l'ordre de rechercher l'espionne. La photographe se faufile parmi les ouvriers et entre à la cafétéria, attrapant au passage une brioche et un jus de fruits.

Josée ouvre une porte au hasard et fait irruption dans une chambre spacieuse, mise à la disponibilité des dignitaires en visite, selon toute apparence. Entendant des pas dans le couloir, elle se glisse sous le lit, sa brioche et son jus toujours à la main.

Elle voit entrer deux hommes, suivis de Jack, qu'elle reconnaît à ses bottines. Les hôtes sont préoccupés par les retards accumulés et les millions perdus à cause de la lenteur des instances gouvernementales à délivrer les permis nécessaires. Les exigences des fonctionnaires à propos de l'environnement ont droit à des critiques acerbes.

— Je prends mes ordres du ministre, répond Jack d'une voix décontractée. Je vous rappelle vos promesses et votre engagement à sauvegarder la faune et la flore de la région.

— Un troupeau de chevaux sauvages a-t-il le dessus sur le développement économique ? demande le contremaître Adams, sarcastique.

— Vous avez accepté ces contraintes lors de la signature du contrat. Et les chevaux ne sont pas seuls en cause. Pensez aux phoques, aux oiseaux, aux anguilles et à toute la flore de l'île.

— Nous comprenons aussi les pressions que subissent les politiciens et leurs responsabilités face au public, répond Paul Carter, porte-parole du conseil d'administration de la compagnie.

— Dois-je choisir entre l'atteinte de mes objectifs de production ou obéir à des règlements inefficaces ? siffle Adams.

— J'ai reçu l'ordre du conseil d'observer les lois en vigueur et de vous transmettre cette décision, reprend Carter, mécontent de l'agressivité dont fait preuve son subalterne.

Sous le lit, Josée observe six jambes se promener de long en large. Elle se demande si les gardiens de sécurité la recherchent encore.

— En tant que responsable de la production, insiste Adams, j'ai le devoir de vous prévenir du retard occasionné par des règles trop rigides.

— Mon conseil veut éviter les déversements illégaux de produits chimiques dans la mer ainsi que la pollution sous toutes ses formes, tranche Carter. Mes collègues m'ont dépêché sur la plateforme pour prouver le sérieux de la directive. Si des contaminants atteignent l'eau potable de l'île de Sable, les chevaux sauvages et les autres animaux pourraient en être gravement affectés. Les autorités veulent empêcher les tempêtes politiques et notre compagnie, les désastres environnementaux. Monsieur Martin, prévenez le ministre de notre intention de respecter le contrat à la lettre et de nous conduire en bons citoyens corporatifs.

— Dans ce cas, les mesures seront maintenues pour satisfaire le conseil, acquiesce le contremaître d'un ton contrarié.

Paul Carter invite Jack à passer à son bureau pour signer différents documents avant son départ.

La sortie des trois hommes permet à Josée de quitter sa cachette trop exiguë. Avec circonspection, elle se dirige vers l'héliport lorsque s'enclenche la sirène d'urgence. Assourdie par les mugissements, Josée remarque les travailleurs affolés converger au pas de course vers la tour de forage.

Son instinct de journaliste refait surface. Josée active la caméra. Tous les yeux fixent l'horizon : un cargo se dirige droit sur la plate-forme. On aura tout juste le temps de descendre les canots de sauvetage. Dissimulés derrière le pylône de la grande torche, Jack et Josée passent inaperçus, l'attention étant concentrée sur la progression du navire.

Si par malheur il en venait à heurter l'une des colonnes de stabilisation, les sections tubulaires retenant les colonnes se casseraient et provoqueraient l'effondrement de la structure. La chaîne d'ancrage deviendrait inutile et le tubage, reliant la tour de forage au fond de la mer, se romprait sous la pression et déverserait une épouvantable marée noire. Le contenu des trois citernes, remplies de produits toxiques, se répandrait par surcroît dans la mer et atteindrait lui aussi l'île de Sable. Comment empêcher ce tragique désastre ?

Par mesure de précaution, les ouvriers non formés aux opérations d'urgence reçoivent l'ordre d'évacuer la plate-forme et de gagner les canots de sauvetage.

— Les canots à la mer !

— Gardez votre calme !

— Tout le monde sur le pont !

— Ceci n'est pas un exercice.

Les haut-parleurs crachent des ordres et les travailleurs obéissants comprennent que l'heure est grave.

Sur le cargo en péril, le capitaine et son second cherchent une solution.

— Le système informatique ne répond plus, dit le lieutenant, affolé par la perspective de heurter la plate-forme. Les mécaniciens auront-ils le temps de réparer l'avarie ?

— Il nous est impossible d'actionner le système auxiliaire.

— Nous nous dirigeons vers une catastrophe majeure, capitaine.

— Le moteur s'est arrêté et les marins font l'impossible pour remettre le système en état. Les mécaniciens travaillent d'arrache-pied dans la chambre des machines. Les techniciens croient qu'il leur faudra encore dix ou quinze minutes. Faites évacuer le navire pendant qu'il en est encore temps.

— À vos ordres, capitaine !

L'ordre est donc donné aux hommes de descendre les chaloupes et d'enfiler leur gilet de sauvetage. Les marins se précipitent, incrédules, le visage empreint d'inquiétude.

Les vents violents leur donnent espoir d'éviter l'impact. Les vagues déferlent à la fois sur la plate-forme et sur le cargo. Il suffirait que les brisants frappent sur le côté et dévient le navire de sa trajectoire.

Le cargo dérive toujours vers le Thébaud. Après plusieurs minutes d'incertitude, le moteur démarre. Le bateau effectue un léger virage dix minutes avant l'impact.

Les cris de joie retentissent dans les canots de sauvetage ballottés par les flots et sur le pont du navire. Sur la plate-forme, les gens dansent de joie et s'embrassent.

Josée a tout fixé sur pellicule numérique. Elle sourit en pensant à la tête du contremaître Adams lorsque son reportage sera diffusé à travers tout le pays par la télévision nationale.

CHAPITRE DIX

Peur bleue

Pendant ce temps, Mathieu, impatient de revoir les chevaux sauvages, se promène en solitaire près du phare, sa lunette d'approche pendue au cou. Le sable insidieux fouette son visage rosi par les éléments. Félix devant le rejoindre, il patiente sur le rivage, le regard posé sur les vagues. Il n'est plus question de se promener seul, avec trois gredins armés aux environs. L'oncle Jack n'en démord pas. Aussi Mathieu doit-il tempérer ses élans. Il se surprend à envier la liberté de Montana.

Félix enfin arrivé, les deux compagnons longent le bord de la mer en direction de l'est. Les vents ont relâché, cédant la place à une brume de plus en plus épaisse. Sa densité les empêche presque de distinguer la barque de pêche ballottée par les flots qui approche du rivage avec trois hommes à son bord. Allongés sur la plage, Mathieu et Félix surveillent les pêcheurs. Les marins transportent des pelles, des détecteurs et des carabines. Mathieu songe aux chevaux sauvages tandis que les bandits s'éloignent vers l'intérieur de l'île. Il se rassure : le salut des bêtes repose peut-être sur l'omniprésence des écrans de brouillard. Leur instinct de survie doit les pousser à s'associer à ce phénomène naturel.

Les morutiers disparus, Félix expose son plan à l'adolescent. Les deux amis, en tapinois, rejoignent la barque halée sur la berge. L'ayant remise à l'eau, ils pagaient à bonne distance puis démarrent le moteur. Félix veut localiser le bateau des malfaiteurs afin d'en apprendre plus sur leurs intentions. Ils le repèrent vite, ancré à trois cents mètres de la rive. Les lignes dormantes des braconniers piègent la morue des hauts-fonds.

Félix ralentit, puis s'amarre au bâtiment. Une colonie de phoques s'amuse autour de l'embarcation. Sagouin s'énerve en voyant ces bêtes énormes exécuter leurs prouesses habituelles. Le ouistiti se cache sous une traverse, place les bras sur sa tête et gémit. Mathieu le calme avec des mots rassurants.

— Il y a quelqu'un ? crie Félix.

Un jeune homme dans la vingtaine, ensommeillé, apparaît à tribord. Le marin aux longs cheveux blonds se méfie et tarde à répondre.

— Peut-on monter à bord ? insiste Félix.

— Que faites-vous dans la barque de mon oncle ?

— J'ignore de qui tu parles, l'ami. J'ai trouvé l'embarcation à la dérive. Heureux de savoir qu'elle vous appartient.

— Le matelot garde un silence prudent. Mathieu le sent envahi par l'anxiété.

— J'ai eu beau chercher sur l'île, je n'ai croisé personne, relance Félix.

— Mon oncle a pourtant l'habitude...

— À votre place, je m'inquiéterais..., ruse Félix.

Le jeune homme jette une échelle, donnant aux visiteurs la permission de monter à bord. Les nouveaux venus se présentent au marin suspicieux.

— Les vents forts nous ont fait déborder sur l'île, improvise Félix. Notre bateau s'est échoué plus à l'ouest et nous attendons des secours d'un jour à l'autre.

Jos se demande comment il retournera lui-même en Nouvelle-Écosse si son oncle et ses cousins ne reviennent pas. Félix promet de l'aider et se montre amical après l'avoir apeuré. Il profite de la situation pour le cuisiner sur les raisons de sa présence dans ce lieu inhospitalier :

— Quel est le but de ton oncle ? Son métier de pêcheur l'amène-t-il souvent à l'île de Sable ?

Jos hésite.

— Ton oncle et tes cousins chassent-ils les chevaux sauvages ? lance spontanément Mathieu.

— Chasser n'a rien à voir avec leur projet.

Félix et Mathieu ouvrent l'oreille, attendant la suite.

— Des centaines de navires ont échoué près de l'île depuis quatre cents ans, prélude Jos. Les survivants de ces naufrages meurtriers devaient parfois attendre des mois avant d'être rescapés. Mais l'un d'entre eux, un jeune Acadien de dix-sept ans, aurait décidé de s'installer sur l'île pour de bon. D'après la légende, il aurait trouvé dans une épave un coffre rempli d'or, de bijoux et de papiers anciens, et l'aurait caché dans sa cabane. Ce trésor vaudrait une fortune aujourd'hui. Après plus d'un siècle, le magot se trouve peut-être sous la mer, compte tenu du déplacement constant du sable sous la poussée des vents.

— J'ai remarqué, commente Mathieu. Des dunes se forment et d'autres disparaissent.

— Le jeune naufragé aurait vécu sur l'île toute sa vie et consacré cinquante années à protéger les chevaux sauvages.

— Comment vivait-il ? demande Félix.

— Il pratiquait la pêche. Les bateaux échoués lui procuraient toutes sortes de produits. Il aurait construit sa maison avec les débris des navires jonchant la plage. Le sous-sol de l'abri contenait assez de victuailles pour tenir une année, paraît-il. Mon oncle, Howard Kirke, ignore où se situe la cache.

— Mais cette maison, si elle existe encore, appartient au gouvernement, objecte Félix.

— Et le trésor ? intervient Mathieu.

— Le trésor aussi, affirme son ami. J'ai toutefois l'impression qu'il s'agit d'une simple rumeur. L'Acadien a vraiment vécu sur l'île, je l'admets. Mais entre la réalité et la fiction...

— Le fantôme de l'Acadien rôde toujours sur l'île de Sable, proteste Jos. Son esprit continue de protéger les chevaux sauvages et il dormira en paix lorsqu'un autre humain prendra sa relève, jurant de veiller sur le troupeau.

— Comment les protège-t-il ? souffle Mathieu, captivé par cette histoire.

— Son fantôme éloigne les chasseurs en provoquant d'interminables et denses brouillards ou en créant des tempêtes qui déchaînent la mer.

— Des fables ! s'exclame Félix. Uniquement des fables.

— Mon oncle Howard et sa famille savent qu'ils pourraient devenir les prochaines victimes du fantôme.

— Pourquoi prendre ce risque s'ils en connaissent les conséquences ? s'étonne Mathieu.

— Par simple défi. D'habitude, les Kirke laissent les bêtes en paix.

— Je ne vois aucune logique dans tes propos, commente Félix.

— Depuis la disparition de la morue du golfe du Saint-Laurent, rien ne va plus. La surpêche internationale et le manque de surveillance des autorités nous ont privés de notre gagne-pain. Pour compléter le tableau, les phoques mangent d'énormes quantités de poissons.

— J'essaie de saisir le lien entre la baisse des stocks et l'idée d'abattre des chevaux.

— J'y arrive. Mon oncle et ses fils cherchent du travail depuis des mois. Même les compagnies gazières, près de l'île de Sable, refusent de les embaucher.

— Ces sociétés n'emploient que des ouvriers spécialisés, analyse Félix.

— La famille Kirke prépare sa vengeance. Mon cousin Jonas a réussi à persuader son père de tuer plusieurs chevaux. Ils veulent ensuite accuser la compagnie de les avoir engagés pour commettre un tel carnage.

— C'est un véritable crime ! explose Mathieu.

— Dans un premier temps, ils veulent trouver le trésor de l'Acadien.

— Comment sais-tu toutes ces choses ?

— Je fais semblant d'être d'accord avec leur plan diabolique... Les gens n'y verraient que du feu et parleraient des pratiques habituelles ou des combines propres aux grandes compagnies pour empocher des millions en profits au mépris de l'écosystème.

Félix croit en savoir assez pour agir. Il promet à Jos de rechercher son oncle et ses fils. Avant de reprendre la mer, les deux aventuriers lui empruntent une pelle, un solide cordage et un filet de pêche.

Le brouillard se dissipe. Il semble s'effilocher, laissant derrière lui de longues traînées filandreuses. Malgré l'éclaircie, les Kirke demeurent invisibles. Félix ferme les moteurs et la barque glisse jusqu'au rivage. À peine à terre, Mathieu détale vers le phare : on aura besoin d'oncle Jack pour exécuter le projet concocté par Félix. À l'arrivée de Jack en compagnie de Sandy et Mathieu, une heure plus tard, Félix a presque terminé de creuser une profonde fosse dans le sable.

— Nous allons nous amuser, mon petit Sagouin, glousse Mathieu. La famille Kirke aura la frousse de sa vie.

Le capitaine Jack tend la main et aide Félix à se hisser hors du trou. Puis il ouvre son havresac et en soutire quatre draps blancs. Les Kirke ne sauraient tarder. Aussi Mathieu et Sandy vont-il se poster en vigie, bien cachés derrière un petit monticule coiffé de gourbet. Leur patience est de courte durée : après une quinzaine de minutes d'attente, les deux adolescents repèrent au loin les silhouettes des malfrats, de retour de l'intérieur de l'île. Prévenus par les grands signes de Mathieu et de Sandy, Jack et Félix les rejoignent et observent l'approche des Kirke. Ils semblent exténués après une autre journée de fouilles infructueuses.

— Ils ont bel et bien leurs carabines, confirme le capitaine, les yeux rivés à ses binoculaires. Sandy, Mathieu, vous resterez embusqués ! Les risques sont trop grands.

— Mais...

— Pas de mais. Dieu sait de quoi ces gens sont capables, tranche Jack. Courez vous cacher derrière la dune, là-bas, et attendez mes ordres !

Penauds, le singe sur les talons, les adolescents obéissent. Quant aux adultes, ils vont se tapir dans l'embarcation, cagoulés dans les draps.

Les Kirke ne se doutent de rien, trop occupés à se disputer. Le vieil Howard ronchonne sans cesse ; Mark la tête rasée se plaint de ses ampoules aux mains ; Jonas la grande perche, encore traumatisé par sa récente mésaventure, jette des regards inquiets à la ronde.

Aucun ne s'attend à voir surgir deux fantômes de la barque comme des polichinelles hors de leur boîte.

La stupéfaction est totale. Les bandits sidérés voient un large filet s'abattre sur leur tête. Il est trop tard pour réagir. En un tournemain, Félix et Jack les saucissonnent étroitement, hommes, pelles, détecteurs et armes confondus.

Le trio, réduit à l'impuissance et fou de terreur, est ensuite propulsé dans la fosse. Une voix sépulcrale s'élève alors :

— Préparez-vous à mourir, profanateurs !

Une pelletée de sable lancée sur les bandits fagotés redouble leur angoisse.

— Ce lieu sera votre tombeau ! les prévient l'autre fantôme. Condamnation vite ponctuée d'une nouvelle pluie de projectiles.

— Pitié ! hurlent en chœur les trois prisonniers du fond de leur geôle.

Impassibles, les spectres poursuivent leur besogne de fossoyeurs.

— Laissez-nous partir ! implore Howard Kirke.

— Nous promettons de ne jamais revenir ! pleurniche Jonas avant d'encaisser un autre jet de sable en pleine figure.

Pour comble, la marée montante lèche le trou. Une vague plus forte s'y engouffre.

Les Kirke toussent, renâclent, s'étouffent et supplient. Félix parle en créole, comme s'il récitait une incantation.

— Grâce, monsieur l'Acadien ! hoquette Mark, la bouche pleine de sable.

Sentant que la leçon a porté, les deux fantômes tirent à grand-peine leurs victimes de leur prison et les poussent dans la barque. Les pêcheurs y chutent lourdement avec leur attirail. Jack démarre le moteur et les deux marins poussent l'embarcation vers le large. Au dernier moment, Félix coupe les liens de Jonas, mais c'est sans pilote qu'elle louvoie dans les vagues.

La barque zigzague vers l'horizon. Jack, Félix, Sandy et Mathieu croulent de rire. Sagouin bat des mains avec frénésie, le visage fendu par une joyeuse grimace.

— Crois-tu qu'ils finiront par se dépêtrer ? pouffe Félix en s'essuyant les joues.

— Un défi constructif les attend, commente Jack.

— En tout cas, ils auront appris le sens de l'expression « avoir maille à partir », blague son équipier.

— Espérons ne plus avoir affaire à eux, souhaite le capitaine. Il se fait tard. Rentrons.

Sur la route, une surprise les attend : Montana et sa horde caracolent non loin du rivage.

— Je promets de te protéger de ces criminels ! lui crie Mathieu.

L'étalon ralentit sa course, tourne la tête et lance un hennissement sonore avant de repartir de plus belle au cœur de la lande herbeuse.

CHAPITRE ONZE

Sable et guitare

Au phare, Josée travaille à l'intérieur. Elle envoie la main à ses compagnons, heureuse de les revoir. La jeune femme a terminé le montage de son reportage sur la plate-forme et vient de le télécharger au directeur du réseau. Son patron s'en frottera les mains. Elle n'a aucun doute : le document sera diffusé aux nouvelles du soir et marquera les auditeurs. La journaliste en ressent une grande fierté et se sent ivre de joie. Mathieu vient d'entrer. Elle le prend dans ses bras et l'embrasse sur les deux joues. Le visage du garçon tourne au cramoisi, au grand amusement de ses compagnons.

C'est la première fois que Josée se montre si démonstrative à l'égard d'un membre de l'expédition.

— Quelle aventure formidable ! s'exclame-t-elle, et c'est grâce à toi, Jack.

— J'ai juste droit à de la gratitude alors que mon neveu reçoit le baiser. C'est le monde à l'envers, lance Jack d'un ton sérieux.

Josée rougit à son tour, déclenchant des éclats de rire. De toute évidence, ses amis se paient gentiment sa tête.

— Ce soir, nous prenons congé, dit Jack. Nous irons dormir à la belle étoile. Soyez prêts dans une heure avec les tentes et notre attirail. Félix, n'oublie pas ta guitare !

Pendant les préparatifs, Sandy raconte à Josée la mésaventure des Kirke. Le récit de leur débandade provoque une explosion de rires.

— Un jour ou l'autre, s'assombrit Félix tout à coup, cette famille rappliquera sur l'île. La surveillance de la garde côtière n'est pas assez constante.

— Nous les attendrons de pied ferme, répond Jack. Pour le moment, profitons de notre liberté.

LA LIBERTÉ. Le grand mot est lâché. La vie de Jack Martin se déroule en fonction de ce grand principe. Ce célibataire a choisi sa voie et personne ne l'en fera déroger.

Durant les trois kilomètres du trajet menant au petit lac Wallace, Mathieu se montre intarissable. Il ne cesse de donner des détails sur l'épisode de l'après-midi. Sandy ne se lasse pas d'écouter son éloquent ami. Le capitaine Jack sourit. Mathieu lui ressemble quand il avait son âge. Il deviendra un authentique aventurier.

L'équipage aperçoit enfin le plan d'eau. Le lac frissonne, agité par une brise tiède. Jack choisit un emplacement à proximité. Le ciel se violace, promettant une soirée calme aux campeurs. Après un repas copieux et une promenade pour amasser quelques brassées de bois de plage, les visiteurs s'installent autour d'un feu. Perdus dans leurs pensées, hypnotisés par la beauté des lieux, tous sursautent en entendant un bruit inattendu.

À moins d'un jet de pierre, une vingtaine de chevaux sauvages les observent. Mathieu salue de la main, espérant être reconnu par Montana. Nerveuses, les bêtes s'abreuvent au lac et décampent en vitesse. Le long hennissement de Montana traverse le soir comme un au revoir amical.

Le lac scintille maintenant sous la pleine lune.

Les amis bavardent une partie de la soirée au son des accords de Félix et du feu crépitant. Ils en profitent pour émettre des hypothèses sur les motivations de la famille Kirke.

— Si vraiment ce trésor existe, réfléchit Jack, nous pourrions nous-mêmes le découvrir.

— Imaginez ! lance Sandy, un vrai trésor. Bah ! c'est impossible !

— Pourquoi pas ? réplique Josée. Une fortune dort peut-être sous nos pieds.

La remarque plonge l'équipe dans le silence et la réflexion. Les longs cheveux blonds de Josée brillent à la lueur des flammes. Inspiré par la beauté des lieux, Félix gratte encore sa guitare et chante un air haïtien rythmé, langoureux et ensoleillé. Ses compagnons en ressentent une sorte de bien-être, un élan pour la vie. Tous prennent conscience de vivre une existence hors du commun.

Jack leur répète constamment de chercher une solution au lieu de blâmer les autres, de travailler sans jamais baisser les bras devant les difficultés et de garder la tête haute pour défier le destin avec courage.

Après la chanson, un hennissement répond comme une musique. Curieux et étonnés, les campeurs scrutent l'obscurité. Félix se remet à la guitare et joue un air beaucoup plus calme.

Montana, seul cette fois, sort de l'ombre. Il est tout près. La musique l'a charmé. Doucement, très doucement, Mathieu avance vers l'étalon. Ses oreilles s'agitent, témoignant plus de curiosité que de crainte. L'adolescent et la bête s'examinent, à cinq pas l'un de l'autre. Mathieu risque une autre enjambée. Montana ne bronche pas. Il élève imperceptiblement la main. L'animal, à son tour, ploie son cou puissant. La paume du garçon et le front du cheval se touchent, le temps d'une furtive caresse.

Puis Montana recule, fait volte-face et s'évanouit dans le noir.

Ce moment féerique restera à jamais gravé dans les mémoires.

CHAPITRE DOUZE

Mollusques et étoiles de mer

Le dernier accrochage entre les Kirke et l'équipe de chercheurs a contraint ces derniers à redoubler de vigilance. Le capitaine Jack a donc réduit les déplacements de l'équipe au strict minimum ; cantonnés au phare de l'Ouest et à ses environs immédiats, ils en profitent pour compiler les données accumulées lors de leurs observations.

Le recensement de la population totale des chevaux de l'île est terminé. On a dénombré deux cent vingt bêtes, distribuées parmi onze hordes, dont celle dirigée par Montana. On a départagé les mâles et les femelles, identifié l'âge approximatif des bêtes en âge de se reproduire, étudié attentivement les poulains afin de pouvoir se prononcer sur leur état de santé ; on sait que si les derniers-nés sont sains, la survie du cheptel sera assurée à moyen terme, à moins d'une catastrophe imprévue.

Jack a recueilli des échantillons d'eau dans le lac Wallace et dans chacun des étangs qui occupent le milieu de l'île. Leur analyse n'a rien révélé d'anormal. Le gourbet, cette plante herbacée à la base de l'alimentation des chevaux, contient des toxines en quantité bien inférieure à la norme, preuve que la compagnie pétrolière respecte ses engagements. Tout concourt donc à justifier l'apparente bonne forme des différents troupeaux.

Pour plus de certitude, les biologistes ont même procédé à des prélèvements sanguins sur des spécimens choisis selon l'âge et le sexe. Là encore, il y a de quoi se réjouir : les résultats sont excellents.

Il reste à soumettre quelques poulains au même traitement. C'est une manœuvre très délicate, car les juments sont sujettes à rejeter leurs petits si par malheur elles détectent sur eux l'odeur humaine. Les gants, les masques, les uniformes stérilisés sont essentiels à de semblables interventions, contrairement à celles visant les bêtes adultes.

— Attendons l'arrivée de papa et de maman avant de le capturer, suggère Mathieu.

— C'est une excellente idée, répond son parrain. Ils seront très impressionnés par les manœuvres.

— Ton père a confirmé son arrivée comme il avait promis, lui apprend Josée. J'ai reçu un message cet après-midi. Tes parents prendront un avion léger dans un village côtier de la Nouvelle-Écosse et atterriront près du phare.

Si Jack, Félix et Josée ne manquent pas de travail, le confinement au phare et l'inaction forcée commencent à peser sur Mathieu et Sandy.

Depuis quelques jours, les adolescents ne voient plus Montana. Sa horde, qui caracolait parfois dans le voisinage immédiat du camp de base, demeure invisible. Le capitaine Jack croit qu'elle s'est déplacée vers l'est, en quête de nouveaux pâturages. L'hypothèse chagrine Mathieu et son oncle s'en rend bien compte.

Après deux semaines de labeur acharné au laboratoire, le capitaine prend la décision de retourner à la mer, accompagné de toute l'équipe. Il veut longer les quarante et un kilomètres de l'île pour évaluer l'état de l'écosystème des hauts-fonds environnants. Par ailleurs, les biologistes en profiteront pour vérifier si le bateau des Kirke mouille encore au large des côtes. Le temps s'y prête : les conditions météorologiques promettent d'être exceptionnellement clémentes pour les prochains jours.

Sitôt à bord de *La Madelon*, les amis entreprennent les tâches auxquelles Jack les a assignés. Dans ces eaux dangereuses, le capitaine prend les commandes et garde l'œil braqué sur le profondimètre. Dans la cale, paré à intervenir au moindre signe de dysfonctionnement, Félix surveille le comportement des machines. Inutilisé depuis des semaines, le moteur est susceptible de connaître des ratés.

Josée, avec le précieux concours de Mathieu et de Sandy, inspecte scrupuleusement le matériel de plongée. Tandis qu'elle veille à vérifier la bonne marche des valves des bonbonnes et des détendeurs, les jeunes s'assurent de l'étanchéité des masques et confirment qu'aucune

déchirure n'affecte les combinaisons thermiques.

La Madelon cabote vers le levant, à
vitesse réduite. Sternes, mouettes, guille-
mots et goélands se découpent sur l'azur
du ciel. Des phoques bruns batifolent tout
près de l'étrave. La longue ligne beige de
l'île défile sa monotonie. Après quatre
heures de navigation paresseuse, l'équipage aperçoit la silhouette filiforme du
phare de l'Est. Le bâtiment penche à tribord : le capitaine a changé de cap et se
rapproche de la côte. Un grondement
révélateur informe l'équipage que le pilote
veut ralentir la progression déjà lente du
navire : ici, les hauts-fonds affleurent à la
surface de l'eau en plusieurs points. Les
cartes marines ont beau identifier ces
zones et les chenaux qui s'y dessinent,
l'action des marées a vite fait d'en démen-
tir l'efficacité ; les bancs de sable se dépla-
cent constamment, ainsi qu'en témoigne
l'épave échouée à quelques encablures.

« Nulle trace des Kirke », songe Jack
avec soulagement avant de couper les
moteurs. *La Madelon* glisse sur la mer
d'huile et semble s'y engluer peu à peu. On
n'avance plus. Dans la quiétude bénie de

cette fin d'après-midi, Félix jette l'ancre. Le navire se balance mollement à cent cinquante mètres du phare inhabité.

Comme convenu, les cinq équipiers amorcent aussitôt les préparatifs de la plongée. Le matériel, monté de la cabine de séjour, s'étale maintenant sur le pont. On s'entraide pour revêtir les combinaisons thermiques, toujours compliquées à enfiler, mais nécessaires dans les eaux froides du golfe. On se donne aussi un coup de main pour lester ceintures de plomb et bonbonnes, ajuster les détendeurs et la sangle des masques. Jack, ne voulant rien laisser au hasard, porte une montre de plongée avec ordinateur intégré. Félix met à la mer un petit flotteur contenant des éprouvettes, des ciseaux et des épuisettes pour la prise d'échantillons de végétaux et d'organismes sous-marins.

• Les cinq compagnons s'assoient sur le plat-bord, dos à la mer. À intervalles de dix secondes, chacun, une main tenant son masque, bascule à la renverse et plonge dans l'onde.

Tout autour de l'île, les eaux peu profondes grouillent de vie. Plantes et plancton abondants attirent les poissons en grande quantité. Le milieu sous-marin est cristallin. Les aventuriers n'ont aucune difficulté à repérer le moindre objet digne d'intérêt. Ils recueillent des mollusques, des étoiles de mer, de petits crustacés et quelques plantes à la base de la chaîne alimentaire de l'écosystème du golfe du Saint-Laurent. S'il y a pollution, ces spécimens en portent certainement les traces, et risquent de contaminer l'ensemble de la faune, y compris les plus grands prédateurs.

Josée, armée de sa caméra submersible, prend plusieurs clichés. Le décor est grandiose, fantastique, merveilleux. Elle parvient même à photographier quelques phoques curieux, qui évoluent gracieusement à distance respectueuse des visiteurs. Les trente minutes de la plongée s'écoulent en un éclair. Ils apprennent avec surprise, sur un signe de Jack, que l'heure de la remontée a sonné. La récolte est satisfaisante, et l'on peut maintenant retourner à la petite baie.

L'équipage, grisé par son aventure, épuisé par l'effort, dormira ce soir d'un sommeil réparateur et profond, bercé par les flots paisibles. Les profondeurs marines et la luxuriance des paysages, les transporteront dans un monde de couleurs.

De son côté, Jack est inquiet. Le capitaine se demande si les Kirke tenteront un retour sur l'île. Il regrette de ne pas avoir alerté la Garde côtière et se promet de les dénoncer si les Kirke récidivent.

Entre-temps, Howard, Jonas et Mark Kirke ont appris de Jos, demeuré en leur absence sur *Le MacPherson*, qu'il avait reçu la visite d'un homme, d'un adolescent et d'un singe. Le vieux pêcheur a vite compris qu'il existait une relation entre la venue de ces étrangers dans sa propre barque et l'apparition ultérieure des prétendus fantômes. Les trois bandits, parvenus de peine et de misère à leur bateau, épouvantés, résolus à mettre les gaz vers le continent sans demander leur reste, changent aussitôt d'avis et jurent solennellement de se venger de l'affront.

CHAPITRE TREIZE

Danger

Cinq jours après la joyeuse plongée sous-marine, les activités de recherche ont repris sur l'île. L'équipe doit se déplacer pour cueillir des échantillons de la faune et de la flore de l'endroit. Un soir de pleine lune, l'absence de vent aidant, Jack leur propose d'installer leur tente à l'autre extrémité de l'île de Sable.

Enthousiastes, les membres acceptent la proposition. Les jeunes trouvent du bois de grève pour un feu grandiose et Félix sort sa guitare. Un seul regret, aucun cheval ne rôde autour du campement. Au moment d'aller dormir, un vent léger souffle dans la nuit.

Pourtant, un peu plus tard, le temps se gâte. Les bourrasques ne cessent de prendre de l'amplitude. Elles battent la toile des tentes, et mettent à rude épreuve leurs ancrages et leurs armatures, en plus de troubler le sommeil des dormeurs.

Mathieu se lève le premier et ouvre la porte de la tente. Son geste provoque le déversement de kilos de sable dans son abri. Il doit batailler ferme pour s'en extraire. Dehors, il constate que les autres tentes sont aux trois quarts englouties sous la dune. Mathieu entend soudain l'oncle Jack grommeler : la pression énorme enraie le mécanisme de sa glissière. Amusé, l'adolescent prête main-forte au capitaine et creuse à sa rencontre. La tête éberluée de Jack émerge enfin du sable.

Après une heure de travail, toute l'équipe peut enfin se restaurer. On le fait en hâte cependant : le capitaine se préoccupe du sort de *La Madelon*. L'équipe prend la route dans un paysage au relief transformé par le vent.

Mathieu, le cœur chargé de l'espoir de rencontrer Montana au cours de leurs pérégrinations, rêve de voir un troupeau de chevaux sauvages.

Les compagnons marchent depuis un bon moment sur le littoral lorsqu'ils aperçoivent les trois Kirke, chargés comme des mulets. Ils se rendent jusqu'à leur tente, cachée derrière un amoncellement de sable. Une fois de plus le vent se lève, le mauvais temps se prépare. Les Kirke se résignent à l'inactivité, bien à l'abri dans la tente.

— Ces bandits mijotent un autre mauvais coup, murmure Jack. Nous sommes loin d'en avoir fini avec ces morutiers.

Sagouin approuve avec un signe affirmatif de la tête.

Jack et Mathieu s'approchent en silence, le visage recouvert d'un foulard. Sagouin, lui, préfère se cacher sous le veston de son ami. Les autres membres de l'équipe restent en retrait.

— Écoutez attentivement ! tonne le père d'une voix de ténor.

Howard discourt, excédé par le bavardage de ses fils qui se chamaillent déjà pour la possession du trésor.

— Assez bavardé ! D'abord, nous passerons l'île au peigne fin en nous servant des détecteurs de métaux. Si la cabane de l'Acadien existe, on la trouvera. Vous devrez vous montrer attentifs au moindre bruit suspect.

— Le brouillard, le vent, les tempêtes de sable...

— Aucune excuse! clame le chef du clan avec indignation.

— Mais papa..., de toute façon, nous ne sommes sûrement pas les premiers à utiliser ces appareils. Depuis le temps que...

— Assez, Mark! Pendant que vous balayerez l'île avec les détecteurs, je contacterai le président de la compagnie gazière. Paul Carter ne pourra refuser de payer, sinon je l'accuserai de m'avoir offert une forte somme pour me débarrasser des chevaux. Les médias raffolent de ce genre d'histoires. Si le trésor nous fait faux bond, nous nous rabattrons sur l'argent de Carter. Au moins, nous n'aurons pas tout perdu.

Jack en a assez entendu. Ces bandits ne reculeront devant rien : lui non plus. Il alertera les autorités.

Sagouin, resté silencieux durant l'épisode, dissimule sa tête entre ses mains et émet des sons furtifs. À sa façon, le ouistiti les prévient d'un danger.

Au même moment, la fermeture éclair de la tente s'ouvre lentement.

Les espions, disposant à peine de quelques instants pour se mettre à l'abri derrière la dune, s'enfuient à toutes jambes retrouver leurs amis.

Surveillant les alentours du coin de l'œil, Jonas inspecte les détecteurs avec attention, les palpe, puis retourne dans la tente en jetant un regard soupçonneux vers l'horizon.

Les bourrasques de vent rendent la marche difficile, faisant perdre un temps précieux aux explorateurs.

Comme le souhaitait Jack, les amarres ont tenu le coup et au premier abord, le bâtiment semble en état. Cependant, les vents ont provoqué des vagues assez hautes pour envahir le bateau. L'eau a fracassé deux portes et s'est répandue à l'intérieur. La radio et l'ordinateur ont été inondés et le télécopieur traîne dans l'eau salée sur le plancher : comment prévenir les garde-côtes, maintenant ?

Comble de malheur, après l'inspection de la chambre des machines, le capitaine constate d'autres dégâts importants : plusieurs fils électriques sont grillés et le moteur est endommagé. Impossible de quitter l'île pour le moment.

Au loin, Sandy remarque des morceaux de bois flottant sur la mer houleuse. Josée croit distinguer une malle et des bouteilles à la dérive. Plus loin, une barque inondée achève de sombrer.

Les promeneurs se mettent d'accord pour entreprendre des recherches afin de trouver d'éventuels naufragés. Ils se séparent en deux groupes et partent en direction opposée inspecter le littoral, se donnant rendez-vous au bateau deux heures plus tard.

La température, capricieuse et imprévisible, donne du fil à retordre. La brume semble vouloir fondre sur l'île de nouveau, maintenant que le vent a fléchi. La mer reste menaçante et d'énormes lames viennent se briser en pétillant sur le rivage. Jack et Mathieu rentrent bredouilles. Ils n'ont rencontré que des pluviers et trois phoques dans toute cette purée de pois.

Inquiets du retard des trois autres, Jack et Mathieu retournent sur la plage, munis d'un porte-voix. Sagouin jette des cris stridents et semble accablé.

— Josée, Sandy et Félix devraient être de retour depuis longtemps, estime Mathieu, inquiet.

— Peut-être nous réservent-ils une surprise, répond Jack pour rassurer son neveu. S'ils tardent trop, nous partirons à leur recherche.

Toutes les hypothèses se valent, mais il préfère garder son optimisme. En attendant leurs amis, ils nettoient les instruments et font du rangement.

Quelques heures plus tard, le capitaine décide de partir à la recherche des disparus. Le garçon attend cette décision depuis le début. Tous deux foncent dans le brouillard persistant, à la rescousse de leurs compagnons.

CHAPITRE QUATORZE

Supplice de la mer

Pendant ce temps, Josée, Sandy et Félix, bâillonnés, gisent sur la plage près d'une barque de pêcheur, les mains et les pieds liés. Félix a reçu un coup sur la tête. Le sang s'est coagulé, mais la douleur persiste.

Josée gesticule tant et si bien qu'elle réussit bientôt à faire tomber son bâillon. Quelques minutes plus tard, elle parvient à se libérer de ses liens attachés de façon malhabile.

— Dépêche-toi, Josée ! Il faut déguerpir avant le retour de ces bandits, constate Félix. Dans la tempête, les Kirke ont perdu des outils, des caisses et des sacs sur la plage ; ils viendront sûrement les récupérer.

En vitesse, Josée ouvre un des cartons et y déniche un couperet pour libérer ses deux amis.

Au moment même où les trois prisonniers tentent de s'évader, les Kirke font leur apparition, armes aux poings. Félix retrouve vite son sang-froid ; l'adrénaline aidant, il empoigne Sandy et Josée par la main et court désespérément pour les mettre à l'abri.

Mais les efforts pour échapper aux trois morutiers se révèlent inutiles. Les bandits les rattrapent et les jettent avec force sur le sol.

— Vous allez nous aider à transporter notre marchandise jusqu'au campement, les amis ! Allez, debout ! Et plus vite que ça !

Incapable de bouger, prise de panique, Sandy reste allongée. Mark la relève brutalement par le chandail. La jeune fille hurle, se débat, ses membres s'agitant dans le vide comme une poupée de chiffon.

— Espèce de salaud ! lance Félix en voyant la tête rasée rudoyer sa fille unique.

Le pêcheur, ne faisant ni un ni deux, lui assène un autre coup sur sa blessure déjà ouverte.

Dans un geste de défi, Josée s'élance vers Mark et le mord de toutes ses forces à l'avant-bras.

— Petite morveuse ! Tu vas savoir comment je m'appelle, rugit la tête rasée qui la repousse de la main.

Félix, profitant de la confusion, décide d'entrer en action. Il lui lance une poignée de sable dans le visage, puis Mark encaisse un croc-en-jambe qui l'expédie tête première dans le sable.

— Le plaisir se termine ici, hurle Howard Kirke en tirant un coup de fusil.

— Ces imbéciles méritent le supplice de la mer ! crie le fils blessé dans son orgueil. Ils nous ont assez humiliés.

Son regard cynique effraie Sandy.

Le père tend une pelle à Félix et lui ordonne de creuser. Howard murmure quelques mots à l'oreille de Jonas, puis somme Mark de surveiller les prisonniers pendant qu'il s'éloigne en compagnie de son fils aîné.

Félix n'en mène pas large ; ces brutes n'hésiteront pas à se débarrasser d'eux pour arriver à leurs fins. Bien tranquille, espérant qu'un miracle se produise, il attend. Peu après le départ des deux hommes, alors que le fils Kirke regarde en direction opposée et scrute l'horizon, le colosse s'élance sur lui, le déséquilibre et l'écrase sur le sol.

— Sauvez-vous, les filles ! lance Félix, espérant que le poids de son corps maintienne son ennemi hors d'état de nuire assez longtemps.

Tandis que Sandy s'enfuit à toute vitesse, Josée se jette dans la mêlée pour prêter main-forte à Félix. Mark essaye de reprendre son équilibre, sans succès.

Howard et Jonas font leur apparition au même moment, portant sur leurs épaules un tronc d'arbre de deux mètres de long emporté par la mer. Les deux hommes abandonnent leur fardeau, maîtrisent Félix et Josée, puis partent à la recherche de Sandy. Les trois comparses reviennent bredouilles et très inquiets.

— Tu n'es qu'un incapable ! hurle le père à l'endroit de son fils.

— Dépêchons-nous ! ordonne Jonas. Nous devons partir avant l'arrivée de leurs amis.

Toujours aux aguets, les morutiers reprennent leur besogne. Ils récupèrent le tronc d'arbre, l'enfoncent dans le trou, puis le fixent solidement en place avec le sable mouillé.

Les deux prisonniers, éberlués, saisissent enfin le but des Kirke.

Mark pousse Félix à l'aide de son arme, puis l'attache au poteau tout près de la ligne des eaux montantes. Josée subit le même sort.

— Le trésor nous appartiendra. Ça fait assez longtemps qu'on y pense, dit la grande perche d'un ton sarcastique.

— Bonne chance, les amis. Si vous survivez aux vagues..., ironise le père, le visage grimaçant.

Sans un dernier regard pour leurs victimes, les trois hommes disparaissent derrière la dune. Le vent violent et les vagues déferlantes masquent leur rire gras et cruel.

— Gardons espoir ! conseille Félix, étourdi de douleur. Jack va nous retrouver.

Plus à l'est, à cinq minutes de marche à peine, le capitaine a entendu la détonation. Mathieu et lui courent sur la plage à la recherche de leurs compagnons. Jack rassure son neveu, mais l'inquiétude reste vive.

Malgré le vent, les pas dans le sable sont restés bien visibles.

— Trois ou quatre personnes ont piétiné l'endroit il y a quelques minutes à peine, conclut Jack.

— Nous sommes sur la bonne piste, soutient Mathieu pour se donner courage.

Quelques mètres plus loin, ils aperçoivent Sandy sur la plage venir à leur rencontre. Haletante, les larmes aux yeux, elle raconte les derniers événements. Tous les trois reprennent la route et arrivent rapidement sur les lieux pour trouver les deux prisonniers assis dans l'eau glacée, attachés au tronc d'arbre maintenant incliné sur le côté. Mathieu et Jack accourent, pataugent dans l'eau jusqu'au poteau pour couper leurs liens. Il était temps. Les vagues menaçaient déjà Félix et Josée, les submergeant parfois.

Toute l'équipe prend le chemin du retour. Sandy se cramponne au bras de son père, qui tremble de tous ses membres. Les trois rescapés semblent abattus. Le capitaine et Mathieu restent silencieux.

L'île, jonchée de dunes peu élevées et piquée d'une maigre végétation, présente un spectacle désolant. Malgré la tempête, l'aridité de la nature y est manifeste et l'omniprésence de l'océan, plus écrasante encore.

« L'expédition prend une bien mauvaise tournure », songe Jack durant le trajet. Son équipage arrivera-t-il à s'en sortir ?

Après avoir regagné le bateau, le moral de l'équipe est à son plus bas. Néanmoins, le capitaine et son second éprouvent un certain soulagement de se retrouver à l'abri. Les autres vaquent à leurs occupations pendant que Félix essaie de réparer la radio.

— Il me faudrait des pièces de rechange, Jack. Je n'arrive pas à rétablir la communication. La seule solution est d'aller sur Thébaud, mais il faudrait presque s'y rendre à la nage, lance Félix à la blague pour dérider son ami.

— Je préfère attendre l'arrivée de Tom et Bianca. Le pilote de l'hélicoptère alertera les autorités et nous serons débarrassés de ces idiots.

Mathieu ne tient plus en place ! L'arrivée imminente de ses parents le rend impatient. Rongé par l'incertitude, l'équipage fait les cent pas sur *La Madelon* devenue trop exiguë.

CHAPITRE QUINZE

La folle équipée

Le temps semble s'éterniser. La présence des Kirke sur l'île oblige Josée et Félix à faire le guet durant la nuit. Les autres membres de l'équipage ont reçu l'ordre de se regrouper afin de diminuer les risques.

Le capitaine redoute l'esprit tordu des morutiers, car ces hommes sont dangereux et imprévisibles. Les Kirke n'ont pas la permission de séjourner à l'île de Sable ; par conséquent, leur action illégale pourrait les entraîner devant les tribunaux. L'attaque sauvage envers les membres de son équipe porte Jack à croire qu'ils sont en danger. Les pêcheurs craignent sûrement d'être dénoncés ou se sentent pris au piège. Dans une telle situation, certains hommes commettent l'irréparable. C'est ainsi que Jack évalue la chose.

De plus, Sandy est mal en point et tourmentée. Elle refuse de se séparer de son père et ne le quitte plus d'une semelle. Bref, la situation est assez sérieuse et Jack décide de consulter tous les membres de l'équipage.

— Nous devons prendre une décision, suggère-t-il. J'ai besoin de volontaires.

Après discussion, Félix et Sandy acceptent le défi. Père et fille courent vers la mer et sautent dans l'embarcation de secours. Fendant la brume matinale, ils se dirigent vers *Le MacPherson*, le bateau de pêche des Kirke, où Jos y attend son oncle et ses cousins. Convaincu de la foncière honnêteté de ce jeune homme, Félix croit qu'il pourra se servir de leur radio pour appeler des secours.

Toutefois, Jack s'inquiète de cette folle équipée en eaux souvent tumultueuses. « Félix et Sandy arriveront-ils à trouver le bateau de pêche ? Qu'adviendra-t-il d'eux si une tempête éclate ? », pense-t-il sans laisser paraître ses craintes. Félix paraissait confiant. Leur avenir dépend de sa réussite.

Le soleil est revenu dans l'île et le vent diminue. Peu après le départ de leurs amis, d'autres coups de feu retentissent sur l'île. Convaincu que les chevaux sont en danger, Mathieu persuade son oncle et Josée de partir en reconnaissance. Jack est d'accord sur ce point : ils doivent savoir ce qui se trame sur la lande.

Quelques heures après le départ de Félix et de sa fille, le capitaine Jack, fusil en bandoulière, entraîne Josée et Mathieu sur les dunes. Mathieu surveillera leurs arrières. S'il arrivait un malheur, il retournerait au phare et attendrait le retour de Félix ou la venue de Tom.

Les deux compagnons surprennent les pêcheurs entêtés, outils de prospection en mains. Allongés sur le sable, près d'un monticule à deux cents mètres de la mer, Jack et Josée les épient, attendant le moment propice pour intervenir.

— Le trésor nous appartiendra bientôt, assure Howard pour inciter ses fils à continuer.

Les trois pêcheurs explorent l'intérieur de la mince bande sablonneuse, à la recherche de la cache de l'Acadien. Avec des gestes larges, tels des faucheurs, ils balaient l'air tout près du sol, leur attention fixée sur les capteurs. Après plusieurs alertes inutiles, le signal s'accentue non loin d'un tronc d'arbre enfoui sous le sable. Le sifflement aigu fait rêver les chasseurs de trésor. Les Kirke se dévisagent, à la fois incrédules et remplis d'espoir ; leurs battements de cœur s'accélèrent.

Les deux frères se jettent à genoux et entreprennent de libérer l'objet de sa prison. Heureusement, le sable est sec et facile à creuser. Le tronc d'arbre rongé par le temps se révèle être un mât de navire. Quelques crochets tiennent toujours en place.

La découverte les incite à creuser avec ardeur. L'idée de trouver un trésor décuple leurs forces ; chaque coup de pelle s'accompagne d'éclats de rire. Une demi-heure suffit à dégager une surface de deux mètres carrés, construite de larges planches mal équarries. Cette masse plonge dans l'île à angle de quarante-cinq degrés.

La tête rasée arrête de creuser et regarde anxieusement dans la direction de la grande perche.

— La cabane de l'Acadien ! exulte Mark.

De nouveaux efforts leur permettent de comprendre que la structure massive descend sans doute beaucoup plus bas.

— Il faudrait parvenir à arracher quelques planches. Ce doit être vide, là-dessous.

Prudent, Howard fait le guet à l'entrée de l'énorme trou et se réjouit de voir ses fils devenus infatigables. Il croise les doigts et espère le miracle.

Lorsque Jonas sonde la plate-forme à l'aide de sa pelle, un morceau de bois éclate et soulève un nuage de poussière. Jonas crache des grains de sable. Tandis que Mark enlève quelques planches pourries pour agrandir l'ouverture, la nervosité s'empare du trio, les visages s'illuminent.

La grande perche introduit avec difficulté sa tête dans la brèche. Dans la pénombre, il découvre un escalier à moitié moisi dissimulé sous le plancher. S'il veut descendre, il devra sauter pour atteindre le fond. Il risque un bras, puis les épaules.

— Le trou est trop étroit, constate Mark. Il faut l'agrandir.

C'est ce moment que Jack choisit pour surprendre les Kirke et les mettre hors d'état de nuire. Il espère ne pas avoir à utiliser son arme.

À pas feutrés, Jack se précipite, suivi de près par Josée. Le père n'a rien vu venir. Jack le maîtrise avec facilité ; le père Kirke fait mine d'abdiquer.

Absorbés dans leur travail, Mark et Jonas continuent de creuser. Quand ils lèvent la tête, deux paires d'yeux sont fixées sur eux. Pris au piège, les Kirke obéissent aux nouveaux venus et croisent les mains derrière la tête en attendant les instructions.

Contre toute attente, Howard sort un pistolet dissimulé dans la poche de son pantalon et tire un coup en l'air.

— Je reprends la situation en mains, les amis. Jonas, Mark ! Sortez de votre trou et surveillez les prisonniers !

— Bien compris ! répondent en chœur les fils obéissants.

Le capitaine laisse tomber son arme. La docilité et la soumission demeurent la seule conduite à adopter dans les circonstances. La moindre erreur pourrait leur valoir une grave blessure. Peut-être pire encore. Jack doit penser à son neveu. Ils doivent coopérer et attendre le moment opportun pour reprendre le dessus.

Les yeux des trois anciens pêcheurs brillent d'avidité en pensant au pactole. Mark et Jonas proposent de continuer les recherches, mais le chef veut d'abord éloigner les deux intrus : il ne désire aucun témoin gênant.

— Je vous concède la victoire, dit Jack, pressentant le pire.

— Nous gagnons toujours, affirme un Mark triomphant.

Son regard haineux lance des flammes. Josée, silencieuse, fixe les dents cariées de l'agresseur.

— Que fait-on de ces pots de colle ? demande Mark.

Dissimulé derrière une dune, Mathieu assiste à la scène. Intervenir pourrait les mettre en danger. Il reste caché et surveille ses compagnons.

Le brouillard envahit lentement les lieux et mécontente les pêcheurs.

— Je m'occupe tout de suite de ces écornifleurs...

Le père secoue Jack de toutes ses forces, mais le capitaine garde un silence prudent.

Soudain, un grondement sourd ébranle la plaine. Surgie de l'horizon, environnée d'un nuage de poussière, une horde de chevaux s'approche au grand galop et se dirige droit vers eux.

Les Kirke sont saisis de frayeur et ignorent s'ils doivent attendre ou fuir à toutes jambes. Puis le troupeau ralentit et s'arrête avant de représenter une possible menace.

Mathieu comprend : l'étalon veille.

CHAPITRE SEIZE

De la grande visite

— Retournons au camp ! décrète Howard après le départ des chevaux. Nous trouverons une solution en chemin.

Partir en abandonnant un possible trésor enrage les frères Kirke. Leur père les rassure ; ils reprendront le travail après avoir disposé des prisonniers. Mark leur ordonne de marcher droit s'ils veulent éviter des représailles. Enfermés dans un profond silence, le capitaine et la journaliste obéissent.

Nerveux, les Kirke accélèrent le pas. La chaleur est intense. Les chemises plaquées sur la poitrine, les marcheurs halètent. Les prisonniers trébuchent et tombent face contre terre. Le sable leur colle à la peau et s'infiltre partout. Josée, à l'exemple de Jack, crache les grains de sable collés à ses lèvres.

— Remuez-vous, ordonne Howard pour les forcer à se relever.

Sans prononcer un seul mot, de mauvaise grâce, ils obéissent à l'ordre reçu. Quelques minutes plus tard, Josée retombe sur le sol. Jack s'arrête pour l'aider.

— Marchez, vauriens ! Sinon, vous goûterez à notre médecine. Vous vous souviendrez des Kirke.

Ne sachant plus quoi faire avec ces étrangers juste bons à lui apporter la malchance, Howard les pousse avec violence.

« Si Félix peut revenir », pense Jack.

Plongés dans leurs pensées, ils continuent leur marche forcée. Le groupe aperçoit un étang à quelques mètres et, assoiffés, tous s'y précipitent pour une lampée d'eau fraîche.

Alors qu'ils sont tous allongés sur le bord du lac, le reflet de deux silhouettes apparaît dans l'eau stagnante.

— Que personne ne bouge, clame une voix autoritaire.

— Prends le pistolet du vieux, ordonne Tom à l'intention de Mathieu.

— Il était temps, lance Jack, réconforté par l'arrivée de son frère cadet.

Les deux frères se donnent une joyeuse accolade et Mathieu serre Tom dans ses bras.

— Et maintenant, que fait-on avec ces bandits ?

— Et si on les balançait à l'eau pour leur rafraîchir les idées ? lance Jack dans un moment de colère.

Tom et Mathieu le regardent, perplexes et pensifs.

— Félix et Sandy sont allés chercher de l'aide, ajoute Jack. Ils devraient déjà avoir contacté les autorités. Nous attendons leur retour incessamment.

Dissimulée derrière la dune, une femme sort de sa cachette et accourt vers Mathieu.

— Maman ! s'exclame Mathieu avec toute la fougue de ses onze ans.

Le garçon explose de joie. Il n'osait l'avouer, mais ses parents lui manquaient terriblement. Maintenant, la joie le rend fébrile et il se sent en sécurité en leur compagnie.

— Nous avons décidé de partir plus tôt que prévu. J'ai essayé de vous contacter plusieurs fois depuis la dernière tempête, ajoute Tom.

— La radio est morte. Nous vous attendions plus tard dans la semaine.

— J'ai demandé à devancer mon congé. Et nous voilà !

— Un coup de feu a retenti peu après notre arrivée, dit Bianca en jetant un regard interrogateur vers Jack.

— Bianca m'a demandé de partir à votre recherche et d'apporter une arme, continue Tom. J'arrive au bon moment ! Je vois que vous aviez de graves ennuis. Pour compliquer la situation, l'hélicoptère est reparti. Des passagers se rendaient sur la plate-forme de forage. Le pilote ne pouvait attendre plus longtemps, explique Tom.

— Ramenons d'abord les prisonniers au phare, propose Jack. Ces hommes doivent subir les conséquences de leurs gestes.

Quelques heures plus tard, un hélicoptère arrive et se pose tout près du phare de l'Ouest. Le capitaine Jack et le pilote, fier gaillard de près d'un mètre quatre-vingts, conviennent de la marche à suivre. La liste des pièces de rechange dont il aura besoin pour réparer *La Madelon* est vite transmise par la radio de l'hélicoptère. On remorquera le bateau des Kirke jusqu'à Halifax pour l'y remiser dans l'attente du procès. Après interrogatoire, Jos retournera dans son village.

Les trois bandits montent dans l'appareil. Ils seront livrés aux autorités, pieds et mains liés, en moins de deux heures. Sandy et Félix font leur apparition au moment même où, apeurés, les trois hommes promettent de ne jamais remettre les pieds sur l'île.

— Trop tard, répond Félix. Il fallait y penser avant de venir ici.

Tous se rejoignent à proximité de l'hélicoptère, dans un grand concert d'embrassades fraternelles. Bras dessus, bras dessous, les amis regardent décoller l'engin et s'éloigner le danger. Bianca tient Mathieu tout contre elle et Félix étreint sa chère Sandy. Le groupe vit un moment de bonheur inoubliable.

Vaincus par la ténacité et la détermination du capitaine Jack et de son équipe, le paternel, la grande perche et la tête rasée observent la scène de là-haut.

CHAPITRE DIX-SEPT

Une simple légende

L'équipage se sent soulagé après le départ des Kirke. Tout s'est passé si vite : le supplice de la mer contre Félix, Sandy et Josée, l'embuscade, l'arrivée de Tom, leur sauvetage, l'arrestation des morutiers. Chacun prend conscience de l'heureuse conclusion de leurs tribulations.

Le calme revenu, les amis célèbrent leurs retrouvailles en toute quiétude. Au cours du repas, Tom et Bianca demandent à participer aux dernières recherches afin de se familiariser avec le travail des biologistes. Jack promet d'y réfléchir.

Le repas terminé, les membres de l'équipe vaquent à leurs occupations. Josée prépare un second reportage pour la télévision ; en compagnie de Bianca, Sandy se remet de ses émotions en lisant tout près du phare ; Félix répare le moteur et Jack complète un urgent rapport. Pour Mathieu, l'heure est venue de se livrer à des activités en famille. Le temps s'y prête.

L'adolescent demande à son père de l'accompagner au lac Wallace pour une excursion de pêche. Le petit plan d'eau grouille d'anguilles de mer, transportées là par les vents violents et par la véhémence des grandes marées. Admiratif, Tom écoute les explications de son fils. Celui-ci appâte les lignes avec de gros scarabées rouges cueillis près d'un rosier nain. Sous le regard amusé du fils, le père s'approche de ces insectes avec répugnance.

Mathieu en profite pour relater en détail les événements tragiques de l'excursion, mais raconte aussi les exploits de Montana. Selon lui, sa dernière rencontre avec l'étalon confirme l'existence de la cache de l'Acadien et de son trésor. Il n'en démord pas.

Le père savoure un grand moment de bien-être avec son fils. Tom écoute le bavardage de Mathieu sans le décourager.

À leur retour au phare, là présence de Sandy et de Josée met fin à la conversation.

— Le repas est prêt, annonce l'adolescente.

Le lendemain, à la première heure, Mathieu et Sandy, gais comme des pinsons, demandent la permission de retourner sur les lieux de prospection des Kirke. Les adolescents veulent jeter un dernier coup d'œil au trou béant laissé sur le littoral par les pêcheurs.

Curieuse d'explorer la fosse, Josée désire les accompagner. Sa caméra est déjà dans son havresac. Le trésor étant pour lui un mythe, Jack demande à Félix de les conduire.

— Sagouin nous accompagnera. Hein, Sagouin ? dit Mathieu en tournant la tête vers le singe posté sur son épaule.

L'animal roule des yeux en guise d'approbation.

Le groupe décide de marcher jusqu'au campement laissé par les Kirke. Peut-être y trouveront-ils des outils ou des documents importants ?

Félix inspecte le matériel : des tentes, des caisses de plastique bourrées de conserves, une trentaine de jerricans d'eau douce, des cirés, de la corde de chanvre, des bêches, deux pieds-de-biche, des piquets, une bâche, un brasero, des briquettes... « Rien de bien révélateur, juge-t-il, sinon que ces mystérieux visiteurs avaient l'intention de demeurer longtemps sur l'île. »

Après une tournée rapide des environs, les quatre amis reprennent la route pour se diriger vers leur destination originale.

Félix descend le premier dans la fosse. L'ouverture étant trop étroite, il parvient à briser plusieurs planches. Sa grande taille lui permet de se laisser glisser à l'intérieur. Il aide ensuite Sandy et Mathieu à descendre.

Les trois découvrent un univers figé, glauque, un bric-à-brac voilé de toiles d'araignée, un véritable musée de la mer arrachée à l'oubli de l'histoire. Le pinceau de la lampe de poche se promène sur les meubles poussiéreux et sur les cloisons vétustes.

— On dirait l'attirail d'un navire, suggère Mathieu.

— Viens voir, Josée ! crie Sandy.

Sur une tringle sommaire pendent des uniformes rouges de l'armée britannique, certainement récupérés lors d'un naufrage. Une figure de proue dort dans un coin de la pièce. Plus près, un cabestan trône, posé à même le sol. Des fanaux sont fixés aux poutres du plafond. Ici, une ancre, là, un sextant admirablement conservé. Félix trébuche sur un banc et poursuit son inspection presque à l'aveuglette.

Plus loin, il découvre une paillasse moisie et quelques livres au papier friable.

Les chercheurs de trésor découvrent des cloches, des hublots, de vieux mousquets, un lot impressionnant de tissus de différentes teintes, des lampes à l'huile et même quelques petits meubles, arrachés à la mer les lendemains de naufrage.

Mathieu ouvre une armoire pour y découvrir des assiettes en fer, des gobelets en terre cuite et des ustensiles divers. Des os de gros poissons, sans doute du phoque, voisinent la vaisselle poussiéreuse.

— Est-ce là le trésor si convoité ? interroge Sandy, déçue.

— Le trésor doit se trouver ici, à l'intérieur de ce réduit, conclut l'adolescent.

Les chercheurs explorent le refuge de fond en comble, sans aucun résultat.

— Le trésor demeurera une simple légende, conclut Félix à la vue des visages dépités.

— L'homme l'a caché ailleurs avant de mourir, suppose Mathieu.

— L'Acadien possédait une grande sagesse. Les chevaux sauvages constituaient son véritable trésor, mille fois mieux que la richesse, avance Félix. Sa cache valait plus que des diamants ou des perles.

— L'important, c'est d'aller au bout de nos rêves, philosophe Josée en prenant des photos. Je terminerai mon séjour par un reportage de première qualité.

Déçus, les compagnons se résignent à remonter à la surface. En sortant, seul un magnifique étalon trotte, crinière au vent, devant la cache de l'Acadien. Il piaffe, il se cabre, il renâcle.

Montana se calme et passe au pas. Ses naseaux expirent bruyamment et ses flancs luisent de sueur. Il pousse un long hennissement à l'adresse des amis médusés.

— Il veut nous dire quelque chose, avance Mathieu. Que se passe-t-il, Montana ?

Le cheval piétine et balance la tête de gauche à droite à plusieurs reprises. Sagouin gémit, presque terrorisé, son nez logé dans le cou de son maître. Montana fait volte-face, allonge quelques foulées, revient, repart, s'arrête, hennit encore.

CHAPITRE DIX-HUIT

La dernière prise

Le séjour sur l'île de Sable s'achève. Il faudra bientôt reprendre la mer et renouer avec une existence plus banale et prévisible.

Une ultime action reste à entreprendre pour clore les recherches scientifiques. Le capitaine Jack offre aux parents de Mathieu d'y assister. Ils pourront mesurer son adresse dans l'opération consistant à capturer un poulain pour l'analyse d'échantillons.

L'équipe part en quête d'un troupeau et s'installe aux abords d'un étang. Après deux heures d'attente, la horde de Montana vient s'abreuver. On dénombre cinq poulains et tous semblent en excellente santé.

Mathieu, à gestes mesurés, place sa flèche sur l'appui, bande son arc, vise la bête la plus proche, retient sa respiration. Le projectile fend l'air et va se loger, cinquante mètres plus loin, dans la croupe de sa cible. Le jeune cheval fait un brusque écart, trottine quelques secondes autour de sa mère. Ses jambes flageolent ; il peine à garder son équilibre, et s'allonge bientôt dans les herbages. Quelques secondes suffisent à plonger le poulain dans le sommeil. Le liquide anesthésiant, dosé avec soin, a rapidement fait son œuvre.

Félix, ganté, masqué, des flacons dans les mains, se rend auprès de l'animal et prélève les échantillons de sang. Il retire la fléchette avec précaution, une habileté toute chirurgicale. Il fallait faire vite : le poulain a déjà retrouvé ses esprits et se relève. Une jument inquiète le renifle sur tout le corps. Son petit se love contre ses flancs. L'expérience est une réussite totale : la mère n'a pas flairé l'odeur de l'homme et accepte la présence de son rejeton.

Montana, non loin, se dresse sur ses pattes de derrière et lance un retentissant hennissement.

— Mission accomplie ! proclame le capitaine Jack avec satisfaction. Demain, nous levons l'ancre.

— En guise d'adieu, annonce Félix, nous passons la dernière soirée sous les étoiles.

Après le repas, alors que le soleil s'incline lentement vers l'ouest, la guitare de Félix résonne, non loin de la cache sans trésor.

Tout le monde danse autour d'un feu préparé avec le bois ramassé dans la vieille cabane. Sagouin ne lâche pas Mathieu d'une semelle.

Au loin, on entend des hennissements.

Pendant que la fête bat son plein, Mathieu observe la fosse. Il attend le moment propice pour offrir un dernier hommage au courage de l'Acadien : sans en parler à ses amis, il prévoit descendre une dernière fois dans la cabane pour y laisser un message et les noms de ses coéquipiers qu'il a déjà inscrits sur une feuille de papier. Le souvenir de leur passage doit survivre au temps.

Pendant que les autres s'amusent ferme, Mathieu se lève et marche lentement vers la fosse. Son père le suit du regard. Le garçon se laisse glisser dans le trou, tombe sur le sol, puis bascule lourdement sur un panneau. Tout s'effondre sous le poids de son corps et une armoire apparaît dans la pénombre. La lampe de poche toujours dans sa main, il s'approche du loquet fermé avec un cadenas. Les charnières, vissées dans le bois vermoulu, cèdent facilement avec un lugubre craquement. Les gonds gémissent, le meuble livre son secret.

Au pied de vêtements moisis pendus à la traverse, Mathieu aperçoit un coffret, orné d'un couvercle de bois sculpté. Il l'extrait aussitôt et l'ouvre sans attendre.

— Qu'as-tu trouvé ? s'informe son père de là-haut.

Stupéfait, l'adolescent caresse déjà les chaînes en or massif, les bagues de prix, les monnaies anciennes, les pierres précieuses et les joyaux finement ciselés. Sous le faisceau de la lampe de poche, Tom l'aide à remonter et voit les bijoux. Au creux des paumes de Mathieu scintille le trésor de l'Acadien.

— Le trésor, le trésor ! s'écrit-il.

Muets de surprise, ses compagnons, restés autour du feu, se dévisagent, écarquillent les yeux d'étonnement.

— Quoi ! C'était donc vrai... Nous sommes riches ! s'écrit Sandy, la première à exprimer sa joie.

La découverte du trésor déclenche l'hilarité générale. Tom et Bianca embrassent leur garçon. Mathieu est radieux.

Les cris d'allégresse passés, le capitaine Jack refroidit l'ardeur des jeunes. Ils devront remettre le butin à la Garde côtière. L'île appartenant au gouvernement, ils savent qu'en conséquence tout ce qui s'y trouve lui revient de droit. Ces richesses permettront d'accroître la présence des patrouilleurs aux environs de l'île de Sable.

Par respect pour le naufragé acadien, l'équipe entreprend de remplir la fosse. Dorénavant, il reposera en paix dans un sommeil éternel.

Le travail terminé, l'équipage se prépare à retourner au phare en toute tranquillité. Ils n'ont pas fait cent mètres qu'un bruit sourd s'élève sur la lande. Le petit groupe s'arrête, puis observe une horde de chevaux se rassembler, Montana à leur tête. Les bêtes encerclent lentement la fosse de l'Acadien. Quelques hennissements se font entendre, comme une plainte dans le lointain. Un brouillard soudain apparaît, réunissant humains et animaux dans un monde presque irréel.

Ainsi, les chevaux des dunes confirment la vieille légende de l'Acadien. Elle continuera pour toujours à faire rêver les chasseurs de trésor.

TABLE DES MATIÈRES

Viateur Lefrançois

Photographe de métier, j'ai étudié en information et en journalisme. Quelques années plus tard, me voilà auteur.

Pour mon plus grand plaisir, je participe à tous les salons du livre au Québec, puis on m'invite à Guadalajara, au Mexique. Heureux de rencontrer encore plus de lecteurs, je m'envole vers Bruxelles, Paris et la Suisse romande, ou je visite écoles et bibliothèques. À toutes ces occasions, j'anime des rencontres pour les jeunes lecteurs.

Qui a dit que tous les chemins mènent à l'écriture ?…

Hélène Meunier

Hélène aura bientôt quarante ans, mais elle a encore l'impression d'en avoir dix.

Elle se trouve choyée de gagner sa croûte en faisant des petits dessins. Mais parfois, pour faire plus sérieux, elle dit : « Je suis graphiste-illustratrice. »

Elle a travaillé treize ans pour une maison d'édition scolaire. Bizarre, la vie : elle qui n'aimait pas beaucoup l'école !...

Elle travaille maintenant à la maison, ce qui lui permet de passer plus de temps avec sa famille.

Récents titres dans la Collection Oiseau-Mouche

Shawinigan et Shipshaw, d'Isabelle Larouche, illustré par Nadia Berghella.

Le renne de Robin, de Diane Groulx, illustré par Julie Rémillard-Bélanger.

Pince-Nez, le crabe en conserve, de François Barcelo, illustré par Nadia Berghella.

Le cadeau du vent, de Josée Ouimet, illustré par Julie Rémillard-Bélanger.

Recueils d'activités pédagogiques
disponibles sur le site
www.editionsduphoenix.com

Récents titres dans la Collection Œil-de-chat

Otages au pays du quetzal sacré, de Viateur Lefrançois, illustré par Guadalupe Trejo.

Un pirate, un trésor, quelle Histoire ! de Louise Tondreau-Levert, illustré par Hélène Meunier.

Ziri et ses tirelires, de Wahmed Ben Younès, illustré par Guadalupe Trejo.

Mabel, de Lindsay Trentinella, illustré par Hélène Meunier.

Léo sur l'eau, de Françoise Lapage, illustré par Nadia Berghella.

La médaille perdue, de Marc Couture, illustré par Yan-Sol.

Le miracle de Juliette, de Pauline Gill, illustré par Réjean Roy.

Récents titres dans la Collection Ados Mystère

Histoire sombre (mise en lumière), de Claire Daignault, illustré par Guadalupe Trejo.

Escouade 06, Une semaine de fou! de Gilles Gemme, illustré par Patrick Ceschin.

Collection Ados

Le cimetière du musée, de Diane Boudreau, illustré par Hélène Meunier.

Cœur académie, de Gilles Côtes, illustré par Guadalupe Trejo.